사랑받지 못한 사내의 노래

사랑받지 못한 사내의 노래

기욤 아폴리네르

황현산 옮김

LA CHANSON DU MAL-AIMÉ

Guillaume Apollinaire

일러두기

1   시편들의 번역에 사용된 텍스트는 Guillaume Apollinaire, *Œuvres*
     poétiques. Edition étéablie et annotée par Marcel Adéma et Michel
     Décaudin. Paris, Gallimard (「Bibliothèque de la Pléiade」), 1965를
     기준으로 삼았다.
2   『상형시집』을 비롯해서, 원문 시를 함께 감상하는 것이 시의 이해를
     돕는다고 여겨지는 경우에는 원문을 병기했다.

차례

1부   『알코올(ALCOOLS)』

변두리 ZONE   8

미라보 다리 LE PONT MIRABEAU   19

사랑받지 못한 사내의 노래   22
       LA CHANSON DU MAL-AIMÉ

아니 ANNIE   41

행렬 CORTEGE   42

나그네 LE VOYAGEUR   46

마리 MARIE   51

앙드레 살몽의 결혼식에서 읊은 시   54
       POÈME LU AU MARIAGE D'ANDRE SALMON

곡마단 SALTIMBANQUES   59

가을 AUTOMNE   61

잉걸불 LE BRASIER   62

라인란트 RHÉNANES   67

사냥의 뿔나팔 CORS DE CHASSE   77

포도월 VENDÉMIAIRE   78

2부   『상형시집(CALLIGRAMMES)』

생메리의 악사 LE MUSICIEN DE SAINT-MERRY   91

넥타이와 시계 LA CRAVATE ET LA MONTRE   103

비가 내린다 IL PLEUT   105

칼 맞은 비둘기와 분수   107

LA COLOMBE POGNARDÉE ET LE JET D'EAU

우편엽서 CARTE POSTALE   109

전출 MUTATION   111

맛의 부채 EVANTAIL DES SAVEURS   113

새 한 마리 노래한다 UN OISEAU CHANTE   115

빨강머리 예쁜 여자 LA JOLIE ROUSSE   119

3부   기타 시편들

신호탄 FUSÉE-SIGNAL   127

도시와 심장 VILLE ET CŒUR   129

식사 LE REPAS   131

길모퉁이 LE COIN   135

내 어린 날을 떠올린다   137

     JE ME SOUVIENS DE MON ENFANCE

모든 댕고트에게 그리고 모든 댕고에게   139

     A TOUTES LES DINGOTES ET À TOUS LES DINGOS

작품에 대하여 : 현대시의 길목   141

1부

『알코올』

ALCOOLS

변두리

마침내 넌 이 낡은 세계가 지겹다

양치기 처녀여 오 에펠탑이여 오늘 아침 다리들 저 양
    떼들이 메에 메에 운다

너는 그리스 로마의 고대에 진저리가 난다

여기서는 자동차들마저 낡은 티를 낸다
종교만이 새롭게 남아 있다 종교는   5
언제까지나 비행장의 격납고처럼 단순하다

유럽에서 오직 너만 고대가 아니다 오 기독교여
가장 현대적인 유럽인은 교황 비오 10세 당신이다
그런데 창문의 감시를 받는 너는 이 아침
교회에 들어가 참회를 하려 해도 부끄러움이 가로막는다   10
너는 읽는다 높은 소리로 노래하는 광고지 카탈로그
    포스터를
이것이 오늘 아침의 시 그리고 산문으로는 신문이 있다
범죄수사 이야기 높은 사람들의 사진과
온갖 제목을 가득 실은 25상팀짜리 주간지가 있다

나는 오늘 아침 멋진 길을 보았다 이름은 생각나지   15

않지만
산뜻하고 깨끗한 그 거리는 태양의 나팔수였다
중역들과 노동자들과 예쁜 속기 타이피스트들이
월요일 아침부터 토요일 저녁까지 하루에 네 번씩
　　지나간다
오전에 세 번 사이렌이 신음하고
성급한 종 하나가 한낮에 짖는다　　　　　　　　　　20
광고판과 벽보의 글자들이
표시판과 게시판이 앵무새처럼 떠든다
파리의 오몽티에블 로와 테른 가 사이에 있는
이 공장가의 아름다움을 나는 사랑한다

바로 이것이 젊은 거리 여기서 너는 아직 어린아이일　　25
　　뿐이다
네 엄마는 흰색 푸른색으로만 너를 입힐 뿐이다
너는 매우 신심이 깊고 네 가장 오랜 친구 르네 달리즈와
　　함께 있다
너희들이 비할 데 없이 사랑하는 것은 교회의 장엄함
아홉 시 가스등은 푸르게 잦아들고 너희들은 몰래
　　기숙사를 빠져나온다
학교의 채플에서 너희들은 밤을 새워 기도한다　　　　30
그때 영원하고 숭고하게 자수정 빛 그윽하게

그리스도의 불타는 후광이 끝없이 돌고 있다
그것은 우리 모두가 가꾸는 아름다운 백합이다
그것은 바람에 꺼지지 않는 붉은 머리 횃불이다
그것은 애통하는 어머니의 창백하고 주홍빛인 아들이다   35
그것은 온갖 기도의 무성한 나무다
그것은 영광과 영생의 이중 횡목이다
그것은 여섯 모난 별이다
그것은 금요일에 죽어 일요일에 다시 살아나는 신이다
그것은 비행사보다 더 멋지게 하늘에 오르는 그리스도다   40
그는 높이오르기 세계기록을 지니고 있다

눈동자여 눈의 그리스도여
세기의 스무 번째 고아는 재주가 좋아서
새가 되어 이 세기는 예수처럼 하늘에 오른다
지옥의 악마들이 고개 들어 그를 바라본다   45
그들은 그가 유태 땅의 마술사 시몬을 흉내 낸다고
    말한다
그들은 그가 날 수 있으니 그를 날치기라 불러야 한다고
    소리친다
이 아름다운 공중제비꾼들을 둘러싸고 천사들이
    날갯짓한다
이카로스 에녹 엘리아 티아나의 아폴로니우스가

첫 비행기를 둘러싸고 떠돈다   50
그들은 이따금 흩어져 성체에 실려 가는 사제들
면병을 들어 올리며 영원토록 솟아오르는 사제들에게
　　길을 내준다
비행기는 마침내 날개도 접지 않고 내려앉는다
하늘은 그러자 수만 마리 제비로 가득 찬다
까마귀 매 부엉이 떼가 날개를 치며 날아들고   55
아프리카에서 따오기 홍학 황새 떼가 닿고
이야기꾼들과 시인들의 입에 회자된 록 새가
첫 사람 아담의 두개골을 거머쥔 채 나르고
독수리는 큰 소리를 내지르며 지평선에서 덮쳐들고
아메리카에서는 꼬마 벌새가 오고   60
중국에서는 외짝 날개로 암수 함께 나는
길고 날씬한 비익조가 오고
바야흐로 순결한 정신 비둘기가
금조와 눈알무늬공작의 호위를 받으며 나타난다
스스로 태어나는 저 장작더미 불사조가   65
문득 그 뜨거운 재로 모든 것을 가린다
세이레네스들은 그 위험한 해협을 떠나
셋이 함께 아리땁게 노래히며 닿고
독수리 불사조 그리고 중국의 비익조가 모두
저 날아가는 기계와 우성을 나눈다   70

11

이제 너는 외톨이가 되어 파리의 군중 사이로 걸어간다
버스 그 소 떼들이 우우 울부짖으며 네 곁을 굴러간다
사랑의 고뇌가 네 목을 조른다
이제 다시는 사랑받지 말라는 듯이
옛날 같으면 너는 수도원에나 들어갔겠지   75
무심결에 기도를 읊조리다 깨닫고 너희들은 부끄러워한다
너는 너를 비웃고 네 웃음소리는 지옥의 불꽃처럼
    파닥거린다
네 웃음의 불티는 네 삶의 밑바닥을 누렇게 물들인다
그것은 어느 침침한 박물관에 걸린 한 장의 그림
이따금 너는 그것을 가까이 가서 살펴본다   80

오늘 너는 파리를 걸어가고 여인들은 피에 젖어 있다
그것은 되새기고 싶지 않지만 그것은 아름다움의
    쇠락이었지

뜨거운 불길에 둘러싸여 노트르담이 샤르트르에서 나를
    바라보았다
당신의 사크레쾨르의 피가 몽마르트르에서 나를 흠뻑
    적셨다
나는 지복의 말씀을 듣다 병이 든다   85

네가 괴로워하는 사랑은 부끄러운 병
그리고 너를 사로잡는 그 모습이 너를 불면증과 고통
　　속에 살게 한다
네 곁을 지나가는 것은 항상 그 모습이다

지금 너는 지중해 해변에 있다
일 년 내내 꽃 피는 레몬나무 아래서　　　　　　　　90
동무들과 어울려 너는 배를 젓는다
하나는 니스 아이 망통 아이가 하나 튀르비 아이가 둘
우리는 무서워하며 저 깊은 곳의 문어를 바라본다
그리고 해초들 사이에서 우리 구세주의 모습 물고기들이
　　헤엄친다

너는 프라하 근교 어느 여인숙의 정원에 있다　　　　95
너는 네가 아주 행복하다고 느끼고 장미 한 송이가 식탁
　　위에 놓였다
그리고 너는 산문으로 콩트를 써야 할 시간에
장미의 화심에 잠든 꽃무지를 관찰한다

너는 무서워 떨며 상베트 성당의 마노에 그려진 너를 본다
너를 본 날 너는 죽도록 슬펐다　　　　　　　　　100
너는 햇빛에 질겁하는 나자로를 닮았다

유태인 구의 시곗바늘은 거꾸로 돌아가고
너 역시 삶 속으로 미적미적 뒷걸음질 친다
흐라친에 오르며 저녁에는
이 술집 저 술집에서 부르는 체코 노래를 들으며   105

너는 마르세유에서 수박에 둘러싸여 있다

너는 코블렌츠의 거인 호텔에 있다

너는 로마에서 비파나무 아래 앉아 있다

이제 너는 암스테르담에서 네 눈에는 예쁘나 못난 처녀와
    함께 있다
그녀는 라이덴의 대학생 하나를 낚아 결혼할 작정이다   110
거기서는 라틴어 쿠비쿨라 로칸다로 방을 빌린다
기억난다 거기서 사흘을 구다에서도 사흘을 보냈다

너는 파리에서 예심판사의 손에 들어 있다
범죄자로 너는 구속된 신분이다

너는 고통스러운 여행 즐거운 여행을 했다   115
거짓과 나이를 깨닫기 전에

너는 스무 살과 서른 살에 사랑으로 고뇌했다
나는 미친놈처럼 살았고 내 시간을 잃었다
너는 이제 감히 네 손을 바라볼 수도 없고 나는 아무 때나
   울음을 터뜨리고 싶다
네 생각에 사랑하는 그 여자 생각에 너를 공포에 떨게   120
   했던 그 모든 것 생각에

너는 두 눈에 눈물이 가득히 고여 저 불쌍한 이민들을
   바라본다
그들은 신을 믿고 그들은 기도하고 여자들은 어린애에게
   젖을 먹인다
그들의 몸냄새가 생라자르 역 대합실을 가득 채운다
그들은 동방박사들처럼 자기네 별을 믿는다
그들은 아르헨티나에서 돈을 벌어   125
한 재산 모아 고향에 돌아오리라 소망한다
한 가족은 너희들이 심장을 달고 다니듯 붉은 털이불
   한 장을 들고 다닌다
털이불도 우리의 꿈도 모두 현실이 아니다
이 이민들 가운데 얼마는 여기 남아
로시에 가나 에쿠프 가의 누추한 방에 머문다   130
나는 그들을 자주 보았다 저녁이면 길거리에 나와
   바람을 쏘이고

장기판의 장기짝처럼 어쩌다 한 번씩 움직인다
무엇보다도 유태인들이 있다 그들의 여자들은 가발을
　　쓰고 있다
그 여자들은 가게 구석에 핏기 없이 앉아 있다

너는 더러운 술집의 카운터 앞에 서 있다　　　　　　　135
불행한 사람들 속에 섞여서 너는 싸구려 커피를 마신다

너는 밤중에 널찍한 음식점에 있다

이 여자들이 심술궂은 것은 아니다 그러나 안타까움이
　　있다
어느 여자든 아무리 못생긴 여자라도 제 애인을 괴롭혀
　　왔다

그녀는 저지 읍 순경의 딸　　　　　　　　　　　　140

무슨 손이 그럴까 그녀의 손은 굳어 터졌다

그 배의 봉합자국이 몹시도 민망스럽다

나는 지금 징그럽게 웃는 불쌍한 처녀에게 내 입을

내밀고 만다

너는 외톨이다 아침이 오고 있다
우유배달부들이 거리에서 양철통을 떨렁거린다   145

밤은 어느 아름다운 혼혈녀처럼 멀어진다
가짜 여자 페르딘일까 주의 깊은 여자 레아일까

그리고 너는 네 삶처럼 타오르는 이 알코올을 마신다
화주처럼 네가 마시는 너의 삶

너는 오퇴유를 향해 걷는다 너는 네 집에 가서   150
오세아니아와 기니의 물신들 사이에서 자고 싶다
그들은 또 다른 형식 또 다른 신앙의 그리스도들
그들은 알 수 없는 희망의 열악한 그리스도들이다

안녕히 안녕히

태양 잘린 목   155

17

LE PONT MIRABEAU

Sous le pont Mirabeau coule la Seine
Et nos amours
Faut-il qu'il m'en souvienne
La joie venait toujours après la peine

Vienne la nuit sonne l'heure
Les jours s'en vont je demeure

Les mains dans les mains restons face à face
Tandis que sous
Le pont de nos bras passe
Des éternels regards l'onde si lasse

Vienne la nuit sonne l'heure
Les jours s'en vont je demeure

L'amour s'en va comme cette eau courante
L'amour s'en va
Comme la vie est lente
Et comme l'Espérance est violente

Vienne la nuit sonne l'heure

미라보 다리

미라보 다리 아래 센 강이 흐른다
　　우리 사랑을 나는 다시
　　되새겨야만 하는가
기쁨은 언제나 슬픔 뒤에 왔었지　　　　　　　4

　　밤이 와도 종이 울려도
　　세월은 가고 나는 남는다

손에 손 잡고 얼굴 오래 바라보자
　　우리들의 팔로 엮은　　　　　　　　　　8
　　다리 밑으로
끝없는 시선에 지친 물결이야 흐르건 말건

　　밤이 와도 종이 울려도
　　세월은 가고 나는 남는다　　　　　　　　12

사랑은 가 버린다 흐르는 이 물처럼
　　사랑은 가 버린다
　　이처럼 삶은 느린 것이며
이처럼 희망은 난폭한 것인가　　　　　　　16

　　밤이 와도 종이 울려도

Les jours s'en vont je demeure

Passent les jours et passent les semaines
Ni temps passé
Ni les amours reviennent
Sous le pont Mirabeau coule la Seine

Vienne la nuit sonne l'heure
Les jours s'en vont je demeure

세월은 가고 나는 남는다

나날이 지나가고 주일이 지나가고
지난 시간도   20
사랑도 돌아오지 않는다
미라보 다리 아래 센 강이 흐른다

밤이 와도 종이 울려도
세월은 가고 나는 남는다   24

사랑받지 못한 사내의 노래

폴 레오토에게

그리고 나는 이 연가를 불렀다
1903년에 저 아름다운
불새와도 같이 내 사랑이
어느 날 저녁에 죽는다 해도
아침에 그 재생을 맞는 줄은 모르고

어스름 안개 낀 어느 날 저녁 런던에서
내 사랑을 닮은 불량소년 하나
나를 마주 보고 걸어왔다
그리고 흘낏 쳐다보는 그 시선이
나는 부끄러워 눈길을 떨구었다   5

두 손을 호주머니에 지르고 휘파람 부는
그 못된 소년을 나는 따라갔다
홍해의 열린 바다
집들을 헤치고
그는 헤브라이족 나는 파라오   10

저 벽돌의 파도는 무너지리라
그대가 정녕 사랑받지 않았을진대
나는 이집트의 왕
그의 누이-아내 그의 군대
그대가 나의 유일한 사랑이 아닐진대   15

핏빛 안개의 상처
건물의 정면 그 모든 불빛들이
타오르는 거리 모퉁이
벽이 통곡하던 그곳에
그 비정한 눈초리   20

드러낸 목에 상처자국이
그를 닮은 여자 하나
취하여 술집에서 나왔다
사랑 그것의 허위를
내 알아차린 그 순간   25

저 현명한 율리시스가
마침내 제 나라에 돌아왔을 때
늙은 개가 그를 기억했지
수직 베틀에 융단 한 장 걸어 놓고
아내는 그가 오기만 기다리고 있었지   30

샤쿤탈라의 임금 남편은
원정에 지친 몸이었건만
파리한 두 눈에 사랑과 기다림으로

얼굴 더욱 희어져 가젤 한 마리 쓰다듬는
그녀를 다시 만나 기뻐했지   35

나는 저 행복한 왕들을 생각했다
거짓 사랑과 내 아직도
사랑하는 그 여자가
부정한 저희 그림자 서로 부딪쳐
나를 이다지도 불행하게 했을 때   40

미련이여 네 위에 지옥이 서는구나
내 빌거니 망각의 하늘이여 열리어라
그녀의 입맞춤을 얻으려 세상의 왕들은
죽기라도 했으리 조명 난 가난뱅이들은
그녀를 위해 제 그림자라도 팔았으리   45

나는 지난 세월 속에서 겨우살이를 했다
부활절의 태양이여 돌아오라
세바스트의 40인보다
더 얼어붙은 내 가슴을 덥혀 다오
그 순교의 고통도 내 삶보다는 나았으리   50

내 아름다운 선박 오 내 기억아

마시지도 못할 물결 속을
우리는 이만하면 다 떠돌았느냐
아름다운 새벽부터 슬픈 저녁까지
우리는 이만하면 다 헤매었느냐   55

잘 가거라 멀어져 가는 여자와
지난해 독일에서
내 잃어버리고
이제는 다시 못 볼 그녀와
한데 얼린 거짓 사랑아   60

은하수 길이여 가나안의 하얀 시내와
연애하는 여자들의 하얀 육체의
오 빛나는 누이여
헤엄치다 기진한 우리는 헐떡이며
다른 성운으로 네 물줄기를 따라갈 것이냐   65

지나간 어느 해가 생각난다
그해 사월 어느 새벽
사랑스런 내 기쁨을 노래했지
일 년 중에도 사랑의 계절에
씩씩한 목소리로 사랑을 노래했지   70

어느 해 사순절에 부른 새벽찬가

봄이다 오너라 파케트야
아름다운 숲에서 노닐어라
암탉들이 마당에서 꼬꼬댁거리고
새벽이 하늘에 장밋빛 주름을 지으니
사랑이 너를 정복하려 진격한다   75

마르스와 비너스가 다시 돌아와
입술이 얼얼하게 입맞춤을 하는구나
팔랑이며 떨어지는 장미꽃 아래
장밋빛 아름다운 신들 발가벗고 춤을 추는
저 소박한 풍경 앞에서   80

오너라 내 사랑은 피어나는
꽃 시절의 섭정이란다
자연은 아름답고 가슴 울려
판 신은 숲에서 피리 불고
젖은 개구리들이 노래하는구나   85

이들 가운데 여러 신이 죽었다
그들을 애도하여 버들이 운다

위대한 판 사랑 예수 그리스도가
죽었으니 고양이는 마당에서
야옹거리고 나는 파리에서 운다   90

여왕들에게 바칠 연애담시를
내 세월의 한탄가를
곰치에게 던져진 노예들의 찬가를
사랑받지 못한 사내의 연가를
세이레네스들을 위한 노래를 아는 나   95

사랑은 죽었다 그래서 나는 떤다
나는 아름다운 우상들을
사랑 닮은 추억들을 숭배한다
마우솔로스의 아내처럼
나는 언제까지나 충직하고 애달프다   100

나는 충직하다 주인을 따르는
개처럼 그루터기를 감는 송악처럼
주정쟁이에 신앙심 깊은 도둑
코사크 자포로그족이
초원과 십계명을 지키듯   105

점성술사들이 살피는
반월을 멍에 삼아 들쳐 메어라
짐은 전능한 술탄
오 나의 코사크 자포로그들아
너희들의 빛나는 왕이시니   110

짐의 충성스런 신하가 되어라
그들에게 술탄은 써 보냈다
이 소식에 그들은 웃음을 터뜨리며
한 자루 초에 불을 밝히고
지체 없이 답장을 썼다   115

콘스탄티노플의 술탄에게 보내는
　코사크 자포로그들의 답장

바라바보다 더 죄 많은
악마의 사자처럼 뿔이 돋은
그 무슨 벨제붑의 꼬락서니냐
오물과 진창을 먹고 큰 놈아
우리는 네 야연에 가지 않으리라   120

테살로니카의 썩은 물고기
꼬챙이질에 뽑혀 나와
끔찍한 잠에 빠진 눈깔의 긴 목걸이
네 어미 설사 방귀를 뀌었더니
그 설사 똥에서 네놈이 태어났다지   125

포돌리의 망나니 부스럼의
종창의 고름딱지의 애인
암퇘지 주둥아리 암말 궁둥이
네 재산 고이 지켰다가
약값으로나 쓰거라   130

은하수 길이여 가나안의 하얀 시내와
연애하는 여자들의 하얀 육체의
오 빛나는 누이여
헤엄치다 기진한 우리는 헐떡이며
다른 성운으로 네 물줄기를 따라갈 것이냐   135

표범처럼 아름다운
저 화냥년의 눈에 미련이 남네
사랑이여 그대의 피렌체식 입맞춤엔
우리의 운명을 뒷걸음치게 하는

쓰디쓴 맛이 들어 있더라 140

그녀의 시선은 전율하는 저녁에
별들의 긴 꼬리를 남기더라
그 동공에서는 세이레네스들이 헤엄치고
물어 뜯겨 피 흘리는 우리의 입맞춤은
우리의 수호선녀들을 눈물짓게 하더라 145

그러나 진정으론 그녀를 기다린다
가슴을 다 바쳐 마음을 다 바쳐
하오니 돌아오라의 다리 위로
언제라도 그녀가 돌아온다면
나는 기쁘다 그녀에게 말하리라 150

내 가슴과 내 머리가 비어 가는 자리에
하늘이 온통 무너져 내리네
오 나의 다나이데스의 물통이여
천진한 어린아이처럼
행복하려면 어찌해야 하는가 155

그녀를 결코 잊고 싶지 않아라
내 비둘기 내 하얀 정박지

오 꽃잎 떨어진 마가렛이여
저 머나먼 나의 섬 나의 데시라드
나의 장미 나의 정향나무   160

사티로스와 불벌레
뿔 돋은 판 도깨비불
영벌을 받았건 복을 받았건 운명들이
칼레의 시민들처럼 목에 밧줄을 걸고
내 고뇌 위에서 이 무슨 번제인가   165

운명을 둘로 가르는 고통아
일각수좌와 마갈궁은
내 마음과 갈팡질팡하는 내 몸은
너를 피해 달아난다 아침의 꽃들이
별들이 장식하는 신성한 화형장작이여   170

불행이여 상앗빛 눈의 창백한 신이여
너의 미친 사제들이 너를 장식했는가
검은 옷을 입은 너의 희생들은
그리도 부질없이 울었는가
불행이여 믿어서는 아니 될 신이여   175

그리고 나를 따라 기어오는 너
가을에 죽은 내 신들 중의 신이여
너는 대지로부터 받은 내 권리가
몇 뼘이나 되는지 재고 있는가
오 나의 그림자 나의 늙은 뱀이여   180

네가 해를 좋아하기에 햇빛으로
나는 너를 데려왔다 기억하여라
내 사랑하는 어두운 길동무여
아무것도 아니지만 너는 나의 것
나를 위해 상복을 입은 오 나의 그림자여   185

눈을 함빡 둘러썼던 겨울이 죽었다
그 하얀 벌집들이 불타 버렸다
뜰에서 과수원에서
새들은 가지에 앉아 노래하는구나
청명한 봄 경쾌한 사월을   190

죽음을 모르는 은보병대가 죽었구나
은빛 방패로 무장한 눈이
나뭇가지를 든 창백한 노예들에게 쫓겨 달아난다
눈물에 젖어 다시 미소 짓는

가난한 자들이 사랑하는 봄 195

그런데 나는 심장이 부었으니
다마스쿠스 여인의 엉덩이만 하구나
오 내 사랑이여 너를 너무 사랑했기에
이제 와서 내 고통이 너무 크구나
칼집을 벗어난 일곱 자루 칼 200

오 명료한 고통이여 죽은 날 없는
우울의 일곱 자루 칼이
내 심장에 꽂혀 있고 광기는
내 불행을 편들어 이치를 따지려 드는데
내 어찌 그대를 잊으란 말인가 205

일곱 자루의 칼

첫째 칼은 완전히 은으로 벼리었으니
그 으스스한 이름은 팔린
그 서슬은 눈 내리는 겨울 하늘
피비린내 나는 그 운명이 기벨 산답다
불카누스는 그걸 벼리다 죽었다 210

둘째 칼의 이름은 누보스
아름답고 유쾌한 무지개
신들이 혼례에 사용한다
이 칼은 서른 명의 베리외를 죽였으니
카라보스에게서 그 권능을 얻었다   215

셋째 칼은 여성스런 푸른빛
그러나 어김없는 시브리아프
이름하여 뢸 드 팔트냉
난장이가 된 헤르메스 에르네스트가
제단보 위에 떠받든다   220

넷째 칼 말루렌은
초록빛과 금빛의 강
저녁이면 강변의 여자들이
여기서 그 사랑스런 몸을 씻고
사공들의 노랫소리 길게 끌린다   225

다섯째 칼 생트파보
그것은 아름다운 물렛가락
그것은 네 줄기 바람이 무릎 꿇는

무덤 위의 사이프러스 한 그루
밤마다 그것은 횃불 한 자루   230

여섯째 칼 영광의 금속
그토록 손길이 다정한 친구
매일 아침이 그와 우리를 갈라놓는다
안녕히 저것이 바로 그대의 길
수탉들은 있는 힘을 다 뽑아 팡파르를 울렸다   235

일곱째 칼은 기진맥진이다
여자 하나 죽은 장미 한 송이
미안하지만 마지막에 온 사람은
내 사랑에 문을 닫아 주시라
나는 그대를 결코 안 적이 없노라   240

은하수 길이여 가나안의 하얀 시내와
연애하는 여자들의 하얀 육체의
오 빛나는 누이여
헤엄치다 기진한 우리는 헐떡이며
다른 성운으로 네 물줄기를 따라갈 것이냐   245

우연의 마귀들이
창공의 노래 따라 우리를 끌고 가는구나
놈들의 바이올린이 빗나간 소리로
내리막길을 뒷걸음쳐
우리 인간 족속 춤추게 하는구나   250

운명 꿰뚫어 볼 수 없는 운명아
광기에 휘둘리는 왕들아
저 덜덜 떠는 별들
역사에 짓눌리는 황야의
그대들 침대에 든 거짓 여자들   255

루이트폴트 저 늙은 섭정왕
미친 두 왕의 후견인은
성 요한의 금빛 파리
반딧불이 반짝일 때
그들을 생각하며 흐느끼는가   260

여주인 없는 성을 끼고
뱃노래를 부르는 작은 배는
하얀 호수 위로 그 봄날
살랑대는 바람의 숨결 아래

죽어 가는 백조 세이레네스 되어 떠돌았다 265

어느 날 왕은 은빛 물에 빠졌다가
입 벌린 채 떠올라
물가에 닿았으나
움직일 줄 모르고 잠들었다
변전하는 하늘 향해 얼굴 돌리고 270

유월이여 너의 태양 불타는 리라가
아픈 내 손가락을 태운다
슬프고도 선율 높은 헛소리를 내며
나는 내 아름다운 파리를 헤맨다
내 여기서 죽을 용기도 없이 275

일요일이 언제까지나 이어지고
바르바리 풍금이
회색 안마당에서 흐느낀다
파리 그 발코니의 꽃들은
피사의 탑처럼 기울어진다 280

진에 취한 파리의 밤은
전기로 불타오르고

전차는 등에 푸른 불꽃을 일으키며
레일을 끝까지 따라가며
기계의 광기를 연주한다   285

연기 가득한 카페는
그 집시 여자들의 그 감기 걸린 사이펀들의
그 앞치마 걸친 웨이터들의
사랑을 모두 외쳐 댄다
너를 향해 내가 그토록 사랑했던 너를 향해   290

여왕들에게 바칠 연애담시를
내 세월의 한탄가를
곰치에게 던져진 노예들의 찬가를
사랑받지 못한 사내의 연가를
세이레네스들을 위한 노래를 아는 나   295

앙리 루소가 그린 아폴리네르와 그의 연인 화가 마리 로랑생
1909

ANNIE

Sur la côte du Texas
Entre Mobile et Galveston il y a
Un grand jardin tout plein de roses
Il contient aussi une villa
Qui est une grande rose

Une femme se promène souvent
Dans le jardin toute seule
Et quand je passe sur la route bordée de tilleuls
Nous nous regardons

Comme cette femme est mennonite
Ses rosiers et ses vêtements n'ont pas de boutons
Il en manque deux à mon veston
La dame et moi suivons presque le même rite

아니

모빌과 갈베스톤 사이
텍사스의 해안에
장미 가득한 큰 정원 하나 있다
정원에는 빌라 한 채도 들어 있으니   4
그것은 커다란 장미 한 송이

한 여자가 그 정원을 홀로
자주 거닐고
보리수 늘어선 한길로 내가 지나갈 때면   8
우리는 서로 눈이 마주친다

그 여자는 메논교도
그녀의 장미나무에도 그녀의 옷에도 단추가 없다
내 저고리에도 단추 두 개가 모자란다   12
그 부인과 나는 거의 같은 전례를 따른다

행렬

레옹·바이비 씨에게

조용한 새 뒤집혀 나는 새야
허공에 깃을 트는 새야
우리의 땅이 벌써 빛을 내는 그 경계에서
네 두 번째 눈까풀을 내리감아라 네가 고개 들면
너는 지구가 눈에 부시다   5

그리고 나도 그렇다 가까이에서 나는 어둡고 흐리다
방금 등불을 가린 안개 한 자락
갑자기 눈앞을 가로막는 손 하나
너희들과 모든 빛 사이에 둥근 지붕 하나
그리하여 어둠과 줄지어 선 눈들 한가운데서   10
사랑스런 별들로부터 나는 멀어지며 빛나리라

조용한 새 뒤집혀 나는 새야
허공에 깃을 트는 새야
내 기억이 벌써 빛을 내는 그 경계에서
네 두 번째 눈까풀을 내리감아라   15
태양 때문이 아니라 지구 때문이 아니라
마침내 어느 날 단 하나의 빛이 될 때까지
날이 갈수록 더욱 강열해질 이 길쭉한 불 때문에

어느 날

어느 날 나는 나 자신을 기다렸다   20
나는 내게 말했다 기욤 이제 네가 올 시간이다
마침내 나라는 사람이 누구인지 내가 알 수 있도록
다른 사람들을 아는 나를
나는 오관과 또 다른 것으로 저들을 안다
나는 저들 수천 사람을 재현하려면 저들의 발만 보면   25
　　그만이다
저들의 허둥대는 발 저들의 머리칼 한 오라기
아니 의사인 체하고 싶으면 저들의 혀
아니 예언자인 체하고 싶으면 저들의 아이들
선주들의 배 내 동업자들의 펜
장님들의 지폐 벙어리들의 손   30
아니 심지어 필체 때문이 아니라 어휘 때문에
스무 살 넘은 사람들이 쓴 편지만 보면
냄새만 맡으면 그만이다 저들 교회의 냄새
저들의 도시를 흐르는 강의 냄새
저들의 공원에 핀 꽃의 냄새   35
오 코르네유 아그리파여 작은 개 한 마리의 냄새만 맡으면
그대의 쾰른 시민들과 동방박사들까지
모든 여자들에 관한 오해를 그대에게 불어넣어 준
우르술라의 수녀들까지 나는 정확하게 그릴 수 있다
사랑해야 할지 조롱해야 할지 그들이 가꾸는 월계수의   40

맛만 보면 된다
그리고 옷만 만져 보고도
추위를 타는지 아닌지 나는 더 묻지 않는다
오 내가 아는 사람들이여
저들의 발자국 소리만 들으면 나는
저들이 접어든 방향을 언제라도 지적할 수 있다   45
그것들 어느 하나만 있으면
나는 다른 사람들을 되살려 낼 권리가 내게 있다고
      믿기에 충분하다
어느 날 나는 나 자신을 기다렸다
나는 내게 말했다 기욤 이제 네가 올 시간이다
그러자 흥겨운 발걸음으로 내가 사랑하는 사람들이   50
      나아갔다
그 속에 나는 없었다
해초에 덮인 거인들이
탑들만이 섬인 그들 해저의 도시를 지나가고
이 바다는 그 심연의 광채와 함께
내 혈관에 피 되어 흘러 지금 내 심장을 고동치게 한다   55
뒤따라 땅 위에 수천 백인 미개부족들이 나타났는데
저마다 손에 장미 한 송이를 들고 있었다
그리고 그들이 도중에서 발명한 언어를
그들의 입이 전하는 대로 나는 배웠고 지금도 말하고 있다

행렬이 지나가고 나는 거기서 내 육체를 찾아보았다   60
갑자기 나타난 나 자신이 아닌 이 사람들이
하나하나 나 자신의 조각들을 가져왔다
탑 하나를 세우듯 조금씩 조금씩 나를 쌓아 올렸다
민족들이 쌓이고 나 자신이 나타났다
모든 인간의 육체와 모든 인간사가 형성한 나   65

지나간 시간들이여 운명한 자들이여 나를 형성한
    신들이여
그대들이 지나갔던 것처럼 나는 지나가며 살 뿐이다
저 빈 미래로부터 눈을 돌려
나는 내 안에서 저 과거 전체가 커 가는 것을 본다

아직 존재하지 않는 것밖에는 아무것도 죽지 않는다   70
빛나는 과거 곁에서 내일은 색깔이 없다
그것은 노력과 효과를 동시에 완성하고
나타내는 것 곁에서 형체마저 없다

나그네

페르낭 플뢰레에게

울며 두드리는 이 문을 열어 주오

인생은 에우리포스만큼이나 잘도 변하는 것

그대는 바라보았지 외로운 여객선과 함께
미래의 열기를 향해 내려가는 구름장을
그리고 이 모든 아쉬움 이 모든 회한을   5
    그대 기억하는가

바다 물결 활처럼 구부러진 물고기들 해상의 꽃들
어느 날 밤바다였지
강물이 그리 흘러들고 있었지

나는 그걸 기억한다네 아직도 기억한다네   10

어느 날 저녁 나는 스산한 여인숙으로 내려갔다네
뤽상부르 근처
홀 안쪽에 그리스도 하나가 날고 있었지
누구는 족제비 한 마리를
또 누구는 고슴도치 한 마리를 가지고 있었지   15
카드 노름을 하고 있었지
그리고 그대는 그대는 나를 잊어버리고 있었네

정거장과 정거장 그 긴 고아원을 기억하는가
우리는 지나갔지 하루 종일 빙빙 돌다가
밤마다 그날의 태양을 게워 내는 도시들을   20
오 뱃사람들이여 오 어두운 여자들과 여보게나 내
  친구들이여
        그걸 기억해 주게

한 번도 헤어진 적이 없던 두 뱃사람
한 번도 말을 나누지 않았던 두 뱃사람
젊은 뱃사람은 죽어 가며 옆으로 넘어졌다   25

    오 여보게나 다정한 친구들이여
정거장의 전기 벨 수확하는 여자들의 노래
푸주한의 썰매 일개 연대나 되는 헤아릴 수 없는 길들
일개 기병대나 되는 다리 알코올의 창백한 밤들
내가 보았던 도시는 미친 여자들처럼 살고 있었다네   30

그대는 기억하는가 교외와 탄식하는 풍경의 무리를

사이프러스나무들이 달빛 아래 그림자를 드리우고
  있었지

여름이 저물어 가던 그날 밤
생기 없고 항상 진정하지 못하는 한 마리 새와
드넓고 어두운 강의 영원한 소리에 나는 귀를 기울였지   35

그러나 그때 모든 시선이 모든 눈의 모든 시선이
죽어 가며 하구를 향해 굴러갔지
강변은 인적 없고 풀이 무성하고 적막한데
강 건너 산은 몹시도 밝았지

그때 소리도 없고 살아 있는 것 하나 보이지도 않는데   40
산을 끼고 생생한 그림자들이 지나갔지
옆얼굴만 보이는가 싶더니 갑자기 그 어렴풋한 얼굴 돌리며
그들의 미늘창 그림자를 앞으로 치켜들고

그림자들은 수직의 산을 끼고
커지기도 하고 때로는 갑자기 몸을 구부리기도 하며   45
그 수염 난 그림자들이 인정스레 울고 있었지
밝은 산비탈로 한 발짝 한 발짝 미끄러져 들어가며

이들 낡은 사진에서 도대체 너는 누굴 알아보았느냐
한 마리 벌이 불 속에 떨어지던 날을 너는 기억하느냐
너는 기억한다 그것은 여름의 끝이었다   50

한 번도 헤어지지 않았던 두 뱃사람
나이 든 뱃사람은 목에 쇠사슬을 걸고 있었다
젊은 뱃사람은 금발을 땋아 내리고 있었다

울면서 두드리는 이 문을 열어 주오

인생은 에우리포스만큼이나 잘도 변하는 것   55

MARIE

Vous y dansiez petite fille
Y danserez-vous mère-grand
C'est la maclotte qui sautille
Toute les cloches sonneront
Quand donc reviendrez-vous Marie

Les masques sont silencieux
Et la musique est si lointaine
Qu'elle semble venir des cieux
Oui je veux vous aimer mais vous aimer à peine
Et mon mal est délicieux

Les brebis s'en vont dans la neige
Flocons de laine et ceux d'argent
Des soldats passent et que n'ai-je
Un cœur à moi ce cœur changeant
Changeant et puis encor que sais-je

Sais -je où s'en iront tes cheveux
Crépus comme mer qui moutonne
Sais-je où s'en iront tes cheveux

마리

소녀여 그대는 저기서 춤추었지
할머니가 되어서도 춤추려나
그것은 깡충거리는 마클로트 춤
모든 종들이 다 함께 울리련만
도대체 언제 돌아오려나 그대 마리   5

가면들은 조용하고
음악은 하늘에서 들려오듯
저리도 아득한데
그래 나는 그대를 사랑하고 싶다오 그러나 애타게 사랑하고
　　싶다오
그래서 내 고통은 달콤하지요   10

털 송이 은 송이
암양들이 눈 속으로 사라지고
병정들이 지나가는데 내겐 왜 없는가
내 것인 마음 하나 변하고
또 변하여 내 아직도 알 수 없는 그 마음   15

네 머리칼이 어디로 갈지 내가 아는가
거품 이는 바다처럼 곱슬거리는
네 머리칼이 어디로 갈지 내가 아는가

Et tes mains feuilles de l'automne
Que jonchent aussi nos aveux

Je passais au bord de la Seine
Un livre ancien sous le bras
Le fleuve est pareil à ma peine
Il s'écoule et ne tarit pas
Quand donc finira la semaine

우리의 맹세 위에도 흩날리는
가을 잎 네 손이 어디로 갈지   20

팔 밑에 낡은 책을 끼고
나는 센 강변을 걸었네
강물은 내 고통과 같아
흘러도 흘러도 마르지 않네
그래 언제 한 주일이 끝나려나   25

앙드레 살몽의 결혼식에서 읊은 시

1909년 7월 13일

오늘 아침 수많은 깃발을 보고 내가 혼자 뇌까린 말은
저기 가난한 사람들의 풍요로운 의상이 널려 있구나,
    가 아니다
민주주의 수줍음이 내게 그 고통을 감추려 하는구나,
    도 아니고
저 이름 높은 자유의 사주를 받아 이제 오 식물의 자유
오 지구상의 유일한 자유 나뭇잎을 흉내 내는구나,
    도 아니고　　　　　　　　　　　　　　　5
사람들이 떠나 다시 돌아오지 않을 것이기에 집들이
    불타고 있구나, 도 아니고
저 흔들리는 손들이 내일 우리 모두를 위해 일해 주겠지,
    도 아니고
삶을 이용할 줄 모르는 자들을 목 메달아 놓았구나, 조차
    아니고
바스티유를 다시 점령함으로써 세상을 다시 개혁하는
    것이지, 조차 아니다
시에 터를 잡은 자들만이 세상을 개혁함은 내가 익히
    아는 바　　　　　　　　　　　　　　　10
파리가 깃발로 장식된 것은 내 친구 앙드레 살몽이 여기서
    결혼하기 때문이다

우리는 어느 저주받은 동굴에서 만났다

우리 젊은 날에
둘이 모두 담배를 피우며 엉망으로 옷을 입고 새벽을
　　기다리며
의미를 바꾸어야 할 매양 똑같은 말들에 몰두하고　　　　　15
　　몰두하며
헛짚고 헛짚으며 불쌍한 어린것들 아직 웃을 줄도
　　모르고
식탁과 술잔 두 개가 오르페우스의 마지막 시선을
　　우리에게 던지며 죽어 가는 자가 되었다
술잔은 떨어져 깨어졌다
그리고 우리는 웃음을 배웠다
우리는 그래서 상실의 순례자가 되어 떠났다　　　　　　　20
이 거리 저 거리를 가로질러 이 지방 저 지방을 가로질러
　　이성을 가로질러
오필리아 떠 있던 강가에서 나는 그를 다시 보았다
수련 사이에 그 여자 아직도 하얗게 떠 있다
광기의 곡조를 연주하는 피리 소리 따라
그는 창백한 햄릿들 속으로 가 버렸다　　　　　　　　　　25
죽어 가는 러시아의 농부 곁에서 지복을 기다리며
니체의 여자들을 닮았노라 흰 눈을 예찬하는 그를 나는
　　다시 보았다
아이들의 표정을 바꿔 놓는 똑같은 말들의 싱가를 드높이려

이것저것을 만드는 그를 다시 보았으며 나는 이 모든 것들을
추억과 미래를 말하나니 내 친구 앙드레 살몽이 결혼하기 30
　　때문이다

우리 기뻐하자 우리의 우정이 우리를 살찌운 강이었고
물가의 땅 우리의 풍요로움은 모두가 소망하는
　　자양이어서가 아니다
우리 술잔이 다시 한 번 죽어 가는 오르페우스의 시선을
　　우리에게 던지기 때문도 아니다
수많은 사람들이 우리 눈과 별을 혼동할 만큼 우리가
　　컸기 때문이 아니다
백 년 전부터 지켜야 할 삶과 자질구레한 물건들을　　　　　35
　　가졌다고 흐뭇해 하는 시민들의 창가에 깃발이
　　펄럭여서도 아니다
시에 터를 잡은 우리가 우주를 짓고 허무는 말들에 권리를
　　가졌다고 해서가 아니다
우리가 우습지 않게 울 수 있고 웃을 줄도 알기 때문이
　　아니다
우리가 옛날처럼 담배 피우고 술 마시기 때문이 아니다
우리 기뻐하자 불과 시인들의 지도자인 사랑
별들과 행성들 사이 단단한 공간을　　　　　　　　　　　40
빛처럼 가득 채우는 사랑

그 사랑이 오늘 내 친구 앙드레 살몽이 결혼하기를 바라
마지않기 때문이다

SALTIMBANQUES

A LOUIS DUMUR

Dans la plaine les baladins
S'éloignent au long des jardins
Devant l'huis des auberges grises
Par les villages sans églises

Et les enfants s'en vont devant
Les autres suivent en rêvant
Chaque arbre fruitier se résigne
Quand de très loin ils lui font signe

Ils ont des poids ronds ou carrés
Des tambours des cerceaux dorés
L'ours et le singe animaux sages
Quêtent des sous sur leur passage

곡마단

루이 뒤미르에게

들판에 가뭇 광대패들이
멀어진다 채마밭길 따라
회색 여관 문전을 지나
교회 없는 이 마을 저 마을을 지나   4

어린애들이 앞장을 서고
어른들은 꿈꾸며 뒤따른다
저 멀리서 그들이 신호를 하면
과일나무는 저마다 체념한다   8

북이며 금빛 굴렁쇠며
그들의 짐은 둥글고 모나고
곰과 원숭이 영리한 짐승들은
가는 길에 푼돈을 구걸한다   12

AUTOMNE

Dans le brouillard s'en vont un paysan cagneux
Et son bouf lentement dans le brouillard d'automne
Qui cache les hameaux pauvres et vergogneux

Et s'en allant là-bas le paysan chantonne
Une chanson d'amour et d'infidélité
Qui parle d'une bague et d'un coeur que l'on brise

Oh! l'automne l'automne a fait mourir l'été
Dans le brouillard s'en vont deux silhouettes grises

가을

안개 속으로 멀어진다 안짱다리 농부와
암소 한 마리 느릿느릿 가을 안개 속에
가난하고 누추한 동네들 숨어 있다

저만치 멀어지며 농부는 흥얼거린다   4
깨어진 반지 찢어진 가슴을 말하는
사랑과 변심의 노래 하나를

아 가을 가을은 여름을 죽였다
안개 속으로 회색 실루엣 두 개 멀어진다   8

잉걸불

나는 던졌다 내가 운반하고
내가 경배하는 고귀한 불 속에
활기찬 손과 저 죽은 자들의 머리
사망한 저 **과거**까지
불꽃이여 나는 네가 바라는 대로 한다   5

별들의 갑작스런 질주는
이루어질 어떤 것일 뿐
그것이 종마사육장 켄타우로스의
씩씩한 울음소리에
식물들의 긴 신음에 섞여 든다   10

내가 지녔던 저 머리들은 어디 있는가
내 청춘의 신은 어디 있는가
사랑은 나빠지고 말았다
잉걸에서 불꽃이여 다시 태어나라
내 영혼은 태양에 옷을 벗는다   15

들판에 불꽃이 솟아올랐고
우리 심장들이 레몬나무에 걸려 있다
나를 환호하여 영접하는 잘린 머리들
그리고 피 흘린 별들은

여인들의 머리일 뿐						20

강은 도시 위에 핀으로 꽂혀서
너를 옷처럼 거기 붙박아 놓는다
그러므로 앙피옹에 순종하는 너는
돌들을 살아 움직이게 하는
마법의 음조를 모두 받아들인다					25

나는 타오른다 숭고한 열기의 잉걸불 속에서
그리고 신자들의 손이 셀 수도 없이 수많은 나를 불 속에
　　다시 집어던진다
절단 순교자들의 사지가 내 곁에서 타오른다
잉걸불에서 해골들을 치우시라
나 하나면 내 환희의 불길을 유지하기에 영원히			30
　　충분하며
새들이 그 날개로 내 얼굴과 태양을 보호한다

틴다리데스에서 내 행복의 뜨거운 살무사들에 이르기까지
오 기억이여 얼마나 많은 혈통이 불순한 가지를 쳤는가
그리고 뱀들은 불사의 존재였기에 가수가 아니었던
백조들의 목에 불과하지 않는가					35

바야흐로 내 삶이 새로워졌다
거대한 배들이 지나가고 다시 돌아온다
나는 다시 한 번 대양에 두 손을 적신다

연락선과 새로워진 내 삶을 보라
그 불꽃은 광막하다   40
화상을 두려워하는 자들과
나 사이에는 아무런 공통점이 없다

빛이 사유하는 저 높은 곳
모든 유동천(流動天)보다 더 높이 윤전(輪轉)하는 정원에서
가면 쓴 미래가 내려오며 하늘을 가로질러 타오른다   45

우리는 그대의 기꺼운 재가를 기다린다 오 나의 여자여

나는 저 거룩한 가면무도회를 감히 바라보지 못한다

언제 데시라드가 지평선에 푸르게 떠오르련가

우리의 대기 저편에 극장이 하나 선다
벌레 자미르가 연장도 없이 지은 극장   50

이윽고 태양이 다시 돋아나 치솟아 떠오르는
해안 도시의 광장을 밝게 비추고
지붕 위에는 지친 비둘기들이 쉬고 있었다

그런데 스핑크스 떼가 종종걸음 쳐 스핑크스 우리로
돌아간다 스핑크스 떼는 평생 목자의 노래를 들으리라   55
저 높은 곳에 극장이 단단한 불로 지어진다
허공이 먹고 사는 별들만큼 단단한

　　그리고 바야흐로 무대가 펼쳐진다
나는 언제까지나 안락의자에 앉아 있다
내 머리 내 무릎 내 팔꿈치 빈 오각형   60
불꽃이 내 위로 나뭇잎처럼 돋아났다

인간이 아닌 배우들 빛 밝은 새로운 짐승들이
길들여진 인간들에게 명령을 내린다
　　　　　　　대지여
오 찢긴 그대여 강들이 기워 놓았구나   65

나는 밤낮으로 스핑크스의 우리에 들어
앎을 쌓고만 싶어라 마침내 잡아먹힌다 할지라도

RHÉNANES

NUIT RHÉNANE

Mon verre est plein d'un vin trembleur comme une flamme
 Écoutez la chanson lente d'un batelier
Qui raconte avoir vu sous la lune sept femmes
Tordre leurs cheveux verts et longs jusqu'à leurs pieds

Debout chantez plus haut en dansant une ronde
Que je n'entende plus le chant du batelier
Et mettez près de moi toutes les filles blondes
Au regard immobile aux nattes repliées

Le Rhin le Rhin est ivre où les vignes se mirent
Tout l'or des nuits tombe en tremblant s'y refléter
La voix chante toujours à en râle-mourir
Ces fées aux cheveux verts qui incantent l'été

Mon verre s'est brisé comme un éclat de rire

라인란트

라인 강의 밤

내 잔은 가득하다 불꽃처럼 떨리는 포도주로
사공의 느린 노랫소리를 들어라
달빛 아래 일곱 여자를 보았다 하네
발끝까지 닿는 푸른 머리칼 틀어 올리더라네.   4

일어서라 원무를 추며 더욱 높이 노래하라
사공의 노래가 이제 그만 들리도록
그리고 내 곁에 데려와 다오 의연한 눈동자
머리타래 접어 올린 저 금발의 처녀들을 모두   8

라인 강 포도밭이 물에 비쳐 라인 강은 취했다
밤의 모든 황금은 쏟아져 떨며 강에 어린다
목소리는 숨 넘어갈 듯 여전히 노래한다
여름을 호리는 푸른 머리칼의 요정들을   12

내 잔은 부서졌다 쏟아지는 웃음처럼

LES CLOCHES

Mon beau tzigane mon amant
Ecoute les cloches qui sonnent
Nous nous aimions éperdument
Croyant n'être vus de personne

Mais nous étions bien mal cachés
Toutes les cloches à la ronde
Nous ont vu du haut des clochers
Et le disent à tout le monde

Demain Cyprien et Henri
Marie Ursule et Catherine
La boulangère et son mari
Et puis Gertrude ma cousine

Souriront quand je passerai
Je ne saurai plus où me mettre
Tu seras loin Je pleurerai
  J'en mourrai peut-être

종소리

미남 집시야 내 애인아
합창하는 종소리 들어 보려마
보는 사람 아무도 없는 줄 알고
우리는 미친 듯이 사랑하였지   4

그러나 우리는 잘못 숨었다
사방으로 둘러선 모든 종들이
종루 꼭대기서 우릴 보아 두었다가
이제 온 사방에 고자질을 하는구나   8

내일이면 치프리엔과 하인리히도
마리아도 우르술라와 카테리나도
빵집여자와 그 남편도
그다음에 내 사촌 게르트루트도   12

내가 지나가면 히죽댈 거야
어디에 몸 둬야 할지 나는 모를 거야
너는 멀리 있겠지 나는 울겠지
　어쩌면 나는 그만 죽고 말 거야   16

LES FEMMES

Dans la maison du vigneron les femmes cousent
Lenchen remplis le poêle et mets l'eau du café
Dessus — Le chat s'étire après s'être chauffé
— Gertrude et son voisin Martin enfin s'épousent

Le rossignol aveugle essaya de chanter
Mais l'effraie ululant il trembla dans sa cage
Ce cyprès là-bas a l'air du pape en voyage
Sous la neige — Le facteur vient de s'arrêter

Pour causer avec le nouveau maître d'école
— Cet hiver est très froid le vin sera très bon
— Le sacristain sourd et boiteux est moribond
— La fille du vieux bourgmestre brode une étole

Pour la fête du curé La forêt là-bas
Grâce au vent chantait à voix grave de grand orgue
Le songe Herr Traum survint avec sa soeur Frau Sorge
Kaethi tu n'as pas bien raccommodé ces bas

아낙네들

포도밭 집에서 아낙네들 바느질을 한다
렌첸아 난로에 석탄을 더 넣고 커피 물을
올려놔라 ─ 고양이가 불을 쬐고 나서 기지개를 켜네
게르트루트가 엽집 마르틴이랑 결국 결혼을 한대   4

눈먼 밤꾀꼬리는 노래하려 애썼으나
올빼미가 울어 대자 새장에서 떨었다
저기 삼나무는 꼭 눈 맞고 길 떠나는 교황
같구나 ─ 우체부 양반이 가다 말고 서서   8

새로 온 학교 선생과 이야기를 하네
─ 올겨울은 아주 춥다 포도주가 아주 잘 익겠구나
─ 성당지기 그 귀멀고 다리 저는 영감이 오늘내일 한다는데
─ 늙은 촌장네 딸이 주임신부 성명축일에 쓸   12

별꽃을 수놓고 있더라 건너편 숲이 바람을 맞아
성당의 큰 오르간 같은 묵직한 소리로 노래 불렀다
꿈 트라움 양반이 누나 조르게 부인과 함께 찾아왔다
캐티야 양말 기워 놓은 게 엉망이구나   16

— Apporte le café le beurre et les tartines

La marmelade le saindoux un pot de lait

— Encore un peu de café Lenchen s'il te plaît

— On dirait que le vent dit des phrases latines

— Encore un peu de café Lenchen s'il te plaît

— Lotte es-tu triste O petit coeur — Je crois qu'elle aime

— Dieu garde — Pour ma part je n'aime que moi-même

— Chut A présent grand'mère dit son chapelet

— Il me faut du sucre candi Leni je tousse

— Pierre mène son furet chasser les lapins

Le vent faisait danser en rond tous les sapins

Lotte l'amour rend triste — Ilse la vie est douce

La nuit tombait Les vignobles aux ceps tordus

Devenaient dans l'obscurité des ossuaires

En neige et repliés gisaient là des suaires

Et des chiens aboyaient aux passants morfondus

Il est mort écoutez La cloche de l'église

Sonnait tout doucement la mort du sacristain

— 커피랑 버터랑 타르틴을 가져와라
마멀레이드랑 돼지기름이랑 우유단지랑
— 커피를 좀 더 따라 줄래 렌첸아
— 바람이 라틴어 문장을 읊는 것 같아   20

— 렌첸아 커피 좀 더 따라 줄래
— 로테야 너 슬퍼 보이는구나 오 가여운 것 — 사랑하나 봐요
— 하느님 맙소사 — 난 나밖에 사랑하지 않아요
— 쉬 지금 할머니께서 묵주신공을 바치고 계신다   24

— 얼음 사탕이 있어야겠다 레니야 기침이 나와서
— 피에르가 흰 족제비를 데리고 사냥을 나가는군
바람이 불어 전나무들이 모두 원무를 추고 있었다
로테야 사랑은 슬픈 거래 — 일제야 삶은 달콤한 거야   28

밤이 오고 있었다 포도밭은 그 뒤틀린 밑둥들
어둠 속에 쌓인 해골 산이 되었다
눈으로 지어 접어 놓은 수의들이 거기 널려 있었고
개들은 얼어붙은 나그네들을 보고 짖어 댔다   32

그 양반이 죽었구나 들어 봐라 교회의 종이
느릿느릿 성당지기의 죽음을 알렸다

Lise il faut attiser le poêle qui s'éteint

Les femmes se signaient dans la nuit indécise

리제야 불길을 일으켜라 난롯불이 꺼져 간다
흐릿한 어둠 속에서 아낙네들은 성호를 그었다   36

CORS DE CHASSE

Notre histoire est noble et tragique
Comme le masque d'un tyran
Nul drame hasardeux ou magique
Aucun détail indifférent
Ne rend notre amour pathétique

Et Thomas de Quincey buvant
L'opium poison doux et chaste
A sa pauvre Anne allait rêvant
Passons passons puisque tout passe
Je me retournerai souvent

Les souvenirs sont cors de chasse
Dont meurt le bruit parmi le vent

사냥의 뿔나팔

우리의 이야기는 고귀하고 비극적이다
어느 폭군의 가면처럼
아슬아슬하거나 신기하거나 그 어느 드라마도
하잘것없는 그 어떤 세부도
우리의 사랑을 비장하게 만들지는 않는다   5

그리하여 토머스 드퀸시는
그 아편 다정하고 정결한 독을 마시며
저의 불쌍한 안을 꿈꾸고 꿈꾸었다
가자 가자 모든 것이 지나가기에
나는 자주 뒤돌아보리라   10

추억은 사냥의 뿔나팔
그 소리 바람 속에 잦아든다

포도월

미래의 사람들이여 나를 기억해 다오
나는 왕들이 죽어 가는 시대에 살았더란다
차례차례 그들은 조용하고 슬프게 죽어 갔으며
세 곱절 용맹한 자들은 삼장거인(三丈巨人)이 되었더라   4

파리는 구월의 끝에 얼마나 아름다웠던가
밤은 밤마다 포도밭이 되어 그 우거진 가지들
도시에 광채를 뿌리고 저 높은 곳에서는
익은 별들이 취한 새들의 부리에 찍히며   8
새벽녘 내 영광의 포도 수확을 기다렸지

어느 날 저녁 어둡고 적막한 강둑을 따라
오퇴유로 돌아가다가 나는 들었으니 목소리 하나
장중하게 노래하다 때로 침묵하여 길을 열면   12
해맑고 아련한 다른 목청들 수런거리는 소리
그것들도 센 강변에 와서 닿더구나

그리하여 나는 파리의 노래 따라 어둠 속에서 깨어 일어난
그 모든 노래와 함성에 오랫동안 귀 기울였더라   16

나는 목마르다 프랑스와 유럽과 세계의 도시들이여
오너라 모두 내 깊은 목구멍에 흘러라

나는 그때 보았으니 벌써 취한 파리가 포도밭에서
대지(大地)의 가장 달콤한 포도알들을 거두어들이더라   20
넝쿨에 달려 노래하는 그 기적의 열매들을

그러자 랜이 캉페르와 반을 이끌고 대답했지
여기 우리가 있노라 오 파리여 우리 집들 우리 주민들이
    여기서
태양이 잉태한 우리 감각의 열매를 희생하여   24
너무도 목말라하는 너의 기적을 해갈하련다
우리는 네게 두뇌와 묘지와 성벽을 모두 가져가노라
너는 듣지 못할 함성 가득한 이 요람들을
그리고 상류에서 하류로 흐르는 오 강들이로다 우리의
    생각들을   28
학교의 귀들과 사이좋은 우리의 손들을
손가락 가지런한 우리의 손들 교회의 종탑들을
그리고 우리는 또 문이 집을 닫듯 신비가 닫아 놓은
이 유연한 이성도 네게 가져가노라   32
이 기품 높은 기사도 사랑의 신비
또 하나의 삶의 숙명적이고 숙명적인 이 신비
아름다움 너머에 있는 이 이중의 이성을
희랍도 동방도 알지 못했던 이 이중의 이성을   36

한 파도 한 파도 바다가 야금야금 구대륙을
거세하는 이곳 브르타뉴의 이중 이성을

그러자 북 프랑스의 도시들이 유쾌하게 대답하더라

오 파리여 살아 있는 술 우리가 여기 있다   40
우리 성스런 공장들의 금속 성자들이
떠들고 노래하는 씩씩한 도시들
우리 굴뚝들은 열린 하늘에서 먹구름을 임신시킨다
그 옛날 기계 익시온이 그리하였지   44
그리고 우리의 수많은 손들
우리 손가락처럼 벌거벗은 노동자들이
시간마다 그만한 양의 실제를 만드는
제조창들 공장들 공방들 손들   48
우리는 이 모든 것을 네게 주노라

그러자 리옹이 대답하더라 푸르비에르의 천사들이
기도의 명주실로 새로운 하늘을 짜는 동안

론과 손 내 두 입술이 속삭이는   52
신성한 말로 네 목마름을 풀어라 파리여
그의 부활하는 죽음에 드리는 동일한 예배가

여기서는 성자들의 사지를 갈라 핏비를 내린단다
행복한 비여 오 따뜻한 물방울이여 오 고통이여   56
한 아이가 지켜보는데 창들이 열리고
넝쿨 꼭대기의 포도송이들이 취한 새들에게 바쳐지는구나

남 프랑스의 도시들이 이때 대담하더라

고상한 파리여 아직까지 살아   60
우리 기질을 네 운명에 따라 안정시키는 단 하나의
　　　이성이여
그리고 너 물러가는 지중해여
면병을 가르듯 우리 몸을 너희 둘이 나누라
이 지극히 높은 사랑과 그 외로운 춤은   64
오 파리여 네가 사랑하는 순수한 포도주가 되리라

그리고 시칠리아로부터 날아온 끝없는 헐떡임이
날개 퍼덕이며 이런 말을 전하였다

우리 포도밭의 포도알을 거두었으니   68
이 죽은 자들의 포도송이가 기름한 열매에
피와 흙과 소금 맛을 담고
오 파리여 너의 목마름을 위해 놓였구나

엉큼한 창조자 익시온이 애무하는　　　　　　　　72
굶주린 구름에 어두워지는 하늘
아프리카의 모든 까마귀들이 바다 위로 태어나는 그
　　하늘 아래
오 포도알들이여 그리고 한 식구로 뭉친 이 희멀건
　　눈동자들
미래와 삶이 이 포도넝쿨 속에서 번민한다　　　　76

그런데 세이레네스들의 빛나는 시선은 어디에 있는가
시선은 이 새들이 사랑하던 수부들을 속였다
달콤하고 맑은 목소리 셋이 노래하던
스킬라의 암초 위에 시선은 이제 떠돌지 않으리라　　80

해협은 갑자기 낯을 바꾸곤 하였지
육체의 얼굴 파도의 얼굴
상상할 수 있는 모든 것의 얼굴이여
너희들은 가면 쓴 얼굴의 가면일 뿐이로다　　　　84

해안에서 해안으로 헤엄치는 젊은이 그가 미소를 지으니
그가 일으킨 새 물결 위에 떠돌던 익사자들은
그를 따라 한탄하는 여가수들을 피했다
그녀들은 작별을 고했다 심연에게 암초에게　　　　88

해안의 단구에 눕혀진 그녀들의 창백한 남편들에게
그러곤 불타는 태양을 향해 비상하더니
별들이 침몰하는 파도 속으로 익사자들을 따라 사라졌다

그때 열린 눈동자들로 덮인 밤이 돌아와   92
이 겨울 히드라가 휘파람을 불었던 풍경을 방황할 때
나는 문득 위엄 어린 네 목소리를 들었느니
오 로마여
네 목소리는 일언지하에 내 낡은 생각들과   96
사랑이 숙명을 인도하는 저 하늘을 저주하였도다

십자가의 나무 위에 다시 돋아난 나뭇잎들과
바티칸에서 죽어 가는 백합꽃까지
내가 너에게 바치는 이 술 속에 담겨 있노라   100
그것이 바로 최고의 덕인데 너는 알지 못하는
또 하나의 식물의 자유에 정통하신
그분의 순수한 피의 맛을 지닌 이 포도주 속에

삼중관 하나가 포석 위에 떨어졌다   104
높으신 성직자들이 샌들로 짓밟는다
오 창백해지는 민주주의의 광채여
새끼 양을 미끼로 암늑대를 비둘기를 미끼로 독수리를

저 야수들을 살해할 왕의 밤이 오면   108
적개심에 불탄 잔인한 왕의 무리는
영원한 포도밭에서 너처럼 목이 말라
땅을 박차고 대기 속에 나오리라
천년에 또 천년을 묵은 나의 포도주를 마시러   112

모젤 강과 라인 강이 조용히 만난다
그것은 코블렌츠에서 밤낮으로 기도하는 유럽
그래서 나는 오퇴유 강둑에 눌어붙어
때가 되어 줄기를 벗어나는 포도나무 잎처럼   116
시간이 시나브로 떨어져 나갈 때
이 강들의 맑은 물소리와 섞이는 기도를 들었다

오 파리여 네 나라의 포도주가 우리 강둑에서
솟아나는 그것보다 더 훌륭하지만 북국의 우거진
       넝쿨에서도   120
포도알들이 모두 그 무시무시한 목마름을 위해 익었구나
내 강한 인간 포도알들이 압착기 속에서 피를 흘린다
너는 이 유럽의 피를 송두리째 들이켜리라
너는 아름답고 너만 오직 고상하고   124
네 안에서 신이 생성진화할 수 있기에
그리고 밤이면 우리 두 줄기 물에 불빛 비치는

저 아름다운 집에서 포도밭 주인들은
검은빛 흰빛 뚜렷한 저 아름다운 집에서   128
네가 현실임을 알지 못하고 너의 영광을 노래한단다
그러나 기도를 위해 마주한 두 손 흘러가는 우리
우리는 저 소금을 향해 이 모험 어린 물을 데려가는데
가윗날에 끼이듯 우리 사이에 끼인 저 도시는   132
잠이 들어 그 두 줄기 물에 불빛 하나 비치지 않는구나
물의 먼 휘파람은 때로 날아가
졸음 겨운 코블렌츠의 처녀들을 괴롭히기도 하건만

도시들은 이제 수백 개씩 한꺼번에 대답하였더라   136
멀리 들리는 그들의 얘기 이제 구별해 들을 길이 없는데
고대도시 트리에르가
그들의 목소리에 자기 것을 섞고 있더구나
우주가 고스란히 이 포도주 속에 모였으니   140
바다들 짐승들 식물들
도시들 운명들 그리고 노래하는 별들
하늘가에 무릎 꿇은 인간들
우리들의 착한 동무 유순한 쇠   144
자신을 사랑하듯 사랑해야 할 불
내 두개골 속에서 하나로 합치는 저 모든 꿋꿋한 고인들
태어나는 생각처럼 빛나는 번개

여섯 개씩 여섯 개씩 모든 이름들과 하나하나의 숫자들   148
불길처럼 꼬인 몇 킬로의 종이
그리고 우리의 뼈를 하얗게 바래 버릴 그것들
끈질기게 권태로워 하는 저 착한 불멸의 구더기들
전투대형으로 늘어선 군대   152
숲을 이룬 십자가와 내가 그토록 사랑하는 여자
그 눈언저리의 내 호상(湖上) 주택들
헐떡이며 소리 지르는 꽃들
내가 말할 수 없는 이 모든 것들을 술이 간직했으니   156
내가 끝내 알지 못할 이 모든 것들
파리가 갈망하던
순수한 포도주가 되어 이 모든 것들
그때 내 앞에 바쳐졌더라   160

행동이여 아름다운 날들이여 무서운 잠이여
초목이여 짝짓기여 영원한 음악이여
움직임이여 예배여 신성한 고통이여
너희들끼리 서로 닮고 우리를 닮은 세계들이여   164
나는 너희들을 마셨으며 갈증은 풀리지 않았다

그러나 그때부터 나는 우주가 어떤 맛인지 알았다

천지를 다 마시고 나는 취하였더라
물결이 흘러가고 너벅선이 잠든 강둑에서   168

내 말을 들으라 나는 파리의 목구멍이다
천지가 내 맘에 들면 나는 또 천지를 마시리라

내 우주적 주정(酒酊)의 노래를 들으라

구월의 밤은 느릿느릿 끝나 가고   172
다리의 붉은 불빛들이 센 강 속에서 꺼져 가더라
별들이 죽어 가고 가까스로 새벽이 태어나고 있더라

A LOU DE COLIGNY-CHÂTILLON
HOMMAGE
respectueusement passionné

Offrir
vi ers
vous bat
rir tiez ain
mou sa si que
et en font par
voir l'ir fois ses
fin res paulphte
res ist ras Par ce livre dur et pré
ible E cis dans la joie
ter ni
té
cheve lure pareille
Votre au sang répandu JE apprenez ô Lou à me con
SALU vous tre afin de ne naî
E LOU mais per plus m'oublier
COMM ché sur
E FAIT l'a bî
VOTRE me je
ARBRE do mi
PRÉFÉ ne la
RE LE P mer com
ALMIER me un
PENCHÉ maître
DU GRA
ND JARD
IN MAR
IN SOULE
VÉ COM
ME UN SEIN

Guillaume
Apollinaire

et je pla ici mê
e mal gré vous
votre pen
sée la + secrète

아폴리네르가 연인 루에게 바친 상형시
1914

2부

『상형시집』

CALLIGRAMMES

LE MUSICIEN DE SAINT-MERRY

J'ai enfin le droit de saluer des êtres que je ne connais pas
Ils passent devant moi et s'accumulent au loin
Tandis que tout ce que j'en vois m'est inconnu
Et leur espoir n'est pas moins fort que le mien

Je ne chante pas ce monde ni les autres astres
Je chante toutes les possibilités de moi-même hors de ce monde
    et des astres
Je chante la joie d'errer et le plaisir d'en mourir

Le 21 du mois de mai 1913
Passeur des morts et les mordonnantes mériennes
Des millions de mouches éventaient une splendeur
Quand un homme sans yeux sans nez et sans oreilles
Quittant le Sébasto entra dans la rue Aubry-le-Boucher
Jeune l'homme était brun et ce couleur de fraise sur les joues
Homme Ah! Ariane
Il jouait de la flûte et la musique dirigeait ses pas
Il s'arrêta au coin de la rue Saint-Martin
Jouant l'air que je chante et que j'ai inventé

생메리의 악사

나는 마침내 내가 알지 못하는 존재들에게 인사할 자격을
　　얻었다
내가 보는 모든 것을 내가 알지 못해도
그들은 내 앞을 지나가 저 먼 곳에 쌓이며
그들의 희망은 내 희망 못지않게 강렬하다

나는 이 세계도 다른 별나라도 노래하지 않는다　　　　　　5
나는 이 세계와 다른 별나라를 벗어나는 나 자신의 모든
　　가능성을 노래한다
나는 헤매는 즐거움과 그러다 죽는 기쁨을 노래한다

1913년 5월 21일
죽은 자들과 재잘대는 생메리의 여자들을 실어 가는
　　뱃사공
백만 마리 파리 떼들이 찬란한 빛을 펼쳐내고 있었다　　　10
그때 눈도 코도 귀도 없는 한 사내가
르세바스토를 떠나 오브리르부셰 길로 들어섰다
젊은 사내는 갈색 머리에 두 뺨이 딸기 빛
사내여 아! 아리아드네여
그는 피리를 불었고 음악이 그의 발걸음을 인도했다　　　15
그는 생마르탱 길 모퉁이에 멈춰 서서
내가 노래하는 곡 내가 만든 곡을 불렀다

Les femmes qui passaient s'arrêtaient près de lui

Il en venait de toutes parts

Lorsque tout à coup les cloches de Saint-Merry se mirent à
sonner

Le musicien cessa de jouer et but à la fontaine

Qui se trouve au coin de la rue Simon-Le-Franc

Puis Saint-Merry se tut

L'inconnu reprit son air de flûte

Et revenant sur ses pas marcha jusqu'à la rue de la Verrerie

Où il entra suivi par la troupe des femmes

Qui sortaient des maisons

Qui venaient par les rues traversières les yeux fous

Les mains tendues vers le mélodieux ravisseur

Il s'en allait indifférent jouant son air

Il s'en allait terriblement

Puis ailleurs

A quelle heure un train partira-t-il pour Paris

A ce moment

지나가던 여자들이 그 곁에 줄줄이 멈춰 섰다
여자들은 사방에서 모여들었다
갑자기 생메리의 종들이 울리기 시작하자   20
악사는 피리를 멈추고 분수에서 물을 마셨다
시몽르프랑 거리 모퉁이에 있는 그 분수에서
그러자 생메리는 조용해졌다
그 미지의 사내는 불던 피리 곡을 다시 불며
가던 길을 되짚어 라베르리 거리까지 걸어갔다   25

그는 그 거리로 들어서고 여자들이 떼 지어 그 뒤를 따랐다
집을 나와
미친 눈으로 횡단보도를 건너
곡조 황홀한 유혹자를 향해 두 손을 뻗으며
그는 제 곡을 불며 무심하게 걸어갔다   30
그는 무섭게 걸어갔다

그런데 다른 곳에서는
기차가 몇 시에 파리를 향해 출발할까

그 순간

Les pigeons des Moluques fientaient des noix muscades
En même temps
Mission catholique de Bôma qu'as-tu fait du sculpteur

Ailleurs
Elle traverse un pont qui relie Bonn à Beuel et dis-paraît à
    travers Pützchen

Au même instant
Une jeune fille amoureuse du maire

Dans un autre quartier
Rivalise donc poète avec les étiquettes des parfumeurs

En somme ô rieurs vous n'avez pas tiré grand-chose des
    hommes
Et à peine avez-vous extrait un peu de graisse de leur misère
Mais nous qui mourons de vivre loin l'un de l'autre
Tendons nos bras et sur ces rails roule un long train de
    marchandises

Tu pleurais assise près de moi au fond d'un fiacre

말루크의 비둘기들은 육두구를 싸고 있었다　　　　　　　35
같은 시간
보마의 가톨릭 선교단이여 너희는 그 조각가를 어찌했는가

다른 곳에서
그녀는 본과 바이엘을 잇는 다리를 건너 퓌첸을 지나
　　사라진다

같은 순간　　　　　　　　　　　　　　　　　　　40
읍장을 사랑하는 처녀 하나

또 다른 거리에서
시인은 그러니까 향수 장사의 상표와 겨룬다

따지고 보면 오 웃는 사람들아 그대들이 인간들로부터
　　끌어낸 건 대단한 게 아냐
고작 약소한 기름덩이를 그들의 비참한 삶에서 뽑아냈지　45
그러나 서로서로 멀리 떨어져 살다 죽는 우리들은
두 팔을 내뻗고 이 선로 위로 긴 화물열차 하나가
　　지나가지

너는 전세마차 안쪽 내 곁에 앉아 울고 있었다

Et maintenant
Tu me ressembles tu me ressembles malheureusement

Nous nous ressemblons comme dans l'architecture du siècle
   dernier
Ces hautes cheminées pareilles à des tours
Nous allons plus haut maintenant et ne touchons plus le sol

Et tandis que le monde vivait et variait
Le cortège des femmes long comme un jour sans pain
Suivait dans la rue de la Verrerie l'heureux musicien

Cortèges ô cortèges
C'est quand jadis le roi s'en allait à Vincennes
Quand les ambassadeurs arrivaient à Paris
Quand le maigre Suger se hâtait vers la Seine
Quand l'émeute mourait autour de Saint-Merry

Cortèges ô cortèges
Les femmes débordaient tant leur nombre était grand
Dans toutes les rues avoisinantes

그리고 지금   50
너는 나를 닮았다 너는 나를 불행하게도 닮았다

우리는 지난 세기의 건축물에서
그 높은 굴뚝들이 탑을 닮듯 서로 닮았다
우리는 높이 올라가고 더 이상 땅과 접촉하지 않는다

그리고 세계가 살아가고 변하고 있던 동안   55
빵이 없는 날처럼 긴 여자들의 행렬은
라베르리 거리에서 그 행복한 악사를 따르고 있었다

행렬들이여 오 행렬들이여
왕이 뱅센으로 행차할 때였다
대사들이 파리에 도착할 때였다   60
저 여윈 수제가 센 강을 향해 달릴 때였다
소요가 생메리 주변에서 죽어 갈 때였다

행렬들이여 오 행렬들이여
여자들은 근처 거리마다
넘쳐흘러 ― 그녀들의 수 그렇게도 많았다 ―   65

Et se hâtaient raides comme balle
Afin de suivre le musicien
Ah! Ariane et toi Pâquette et toi Amine
Et toi Mia et toi Simone et toi Mavise
Et toi Colette et toi la belle Geneviève
Elles ont passé tremblantes et vaines
Et leurs pas légers et prestes se mouvaient selon la cadence
De la musique pastorale qui guidait
Leurs oreilles avides

L'inconnu s'arrêta un moment devant une maison à vendre
Maison abandonnée
Aux vitres brisées
C'est un logis du seizième siècle
La cour sert de remise à des voitures de livraisons
C'est là qu'entra le musicien
Sa musique qui s'éloignait devint langoureuse
Les femmes le suivirent dans la maison abandonnée
Et toutes y entrèrent confondues en bande
Toutes toutes y entrèrent sans regarder derrière elles
Sans regretter ce qu'elles ont laissé
Ce qu'elles ont abandonné

그 악사를 따라가려고
공처럼 무작하게 서둘러 댔다
아 아리안과 그대 파케트와 그대 아민과
그대 미아와 그대 시몬과 그대 마비스와
그대 콜레트와 그대 아름다운 즈느비에브여   70
그대들은 떨며 우쭐거리며 지나갔고
그대들의 가볍고 날렵한 발걸음은
그 굶주린 귀를 인도하는
목가곡의 박자 따라 움직였다

미지의 사내는 팔려고 내놓은 집 앞에 잠시 멈춰 섰다   75
버려진 집
유리창이 깨진
16세기의 주택이다
마당은 화물배달마차의 주차장으로 사용된다
악사가 들어간 곳은 그 집   80
멀어지던 그의 음악 기세가 잦아들었다
여자들은 버려진 집으로 그를 따라 들어갔다
모든 여자들이 떼를 지어 섞여 들어갔다
모든 여자들이 모든 여자들이 들어갔다 뒤돌아보지 않고
남겨 두고 온 것들   85
버려 두고 온 것들을 아쉬워하지 않고

Sans regretter le jour la vie et la mémoire

Il ne resta bientôt plus personne dans la rue de la Verrerie

Sinon moi-même et un prêtre de Saint-Merry

Nous entrâmes dans la vieille maison

Mais nous n'y trouvâmes personne

Voici le soir

A Saint-Merry c'est l'Angélus qui sonne

Cortèges ô cortèges

C'est quand jadis le roi revenait de Vincennes

Il vint une troupe de casquettiers

Il vint des marchands de bananes

Il vint des soldats de la garde républicaine

O nuit

Troupeau de regards langoureux des femmes

O nuit

Toi ma douleur et mon attente vaine

J'entends mourir le son d'une flûte lointaine

빛과 삶과 추억을 아쉬워하지 않고
이윽고 라베르리 거리에는 사람 하나 남지 않았다
나와 생메리의 사제뿐
우리는 그 낡은 집으로 들어갔다   90
그러나 아무도 보이지 않았다

이제 저녁이다
생메리에 안제루스가 울린다
행렬들이여 오 행렬들이여
그것은 옛날에 왕이 뱅셴에서 다시 돌아올 때였다   95
모자 장사치들 한 떼가 몰려왔었다
바나나 장수들이 왔었다
공화국 근위대의 병정들이 왔었다
오 밤이여
여자들의 초췌한 시선의 떼여   100
오 밤이여
그대 내 고통과 내 덧없는 기다림이여
저 멀리 스러지는 피리 소리 들린다

LA CRAVATE ET LA MONTRE

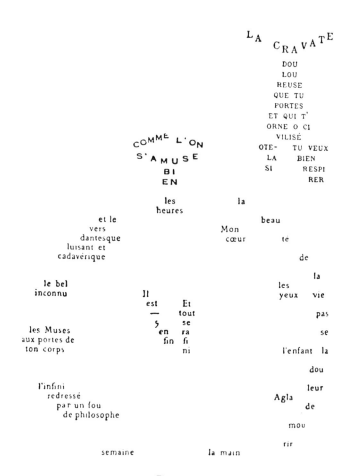

넥타이와 시계

그 대가 메 고
있고
그대
를 장식
하는 고통
스러운 넥
타이 오 문
명인이여
벗어   편하게
버려   숨 쉬고
라   싶거
              든

얼 마 나
줄 거 운
    가
    시
    간들

그리고
단테의
빛나는
송장 시구

삶 의
내   아
심장   름
          다
          움
눈   은

드
디어   이제
5분   모든것
전   이
  이   끝
  다   나
          리

미지의
미남

네 육체의
문들을 지키는
뮤즈들

죽음의
고통을

아이

어느 미치광이
철학자가 다시
일으켜 세운
무한

아글라   넘
                어
                선
                다

일주일   손

티브시스

IL PLEUT

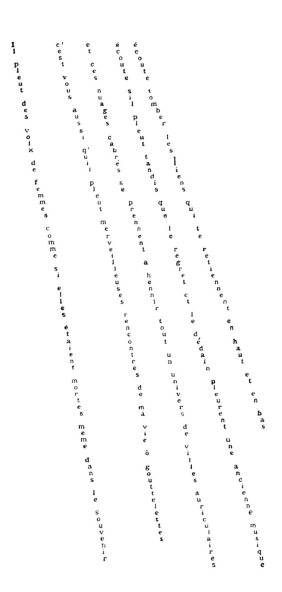

Il pleut des voix de femmes comme si elles étaient mortes même dans le souvenir

c'est vous aussi qu'il pleut merveilleuses rencontres de ma vie ô gouttelettes

et ces nuages cabrés se prennent à hennir tout un univers de villes auriculaires

écoute s'il pleut tandis que le regret et le dédain pleurent une ancienne musique

écoute tomber les liens qui te retiennent en haut et en bas

비가 내린다

들어보렴 위아래로 널 잡아매며 떨어지는 이 빗줄들의 소리

비내리는 소리 들어보렴 회한과 멸시가 낡은 음악을 눈물 뿌리는데

그리고 솟구쳐 오른 이 구름들이 울기 시작한다 귀로 만든 온 세상 도시들에

비내리는 것은 또한 너희들 내 생애의 멋진 만남 오 작은 빗방울들아

여자들의 목소리가 비내린다 그 여자들 추억 속에서조차 죽어버린 듯

LA COLOMBE POGNARDÉE
ET LE JET D'EAU

칼 맞은 비둘기와 분수

다정한 그 모습들 칼 맞은 얼굴들 아 사 랑스런 꽃다운 입술들아

미아   마레예
예트   로리
애니   그리고 그대   마리
너희들   지금
어디   있니   오
젊은 처녀들아
그러나
울며
기도하는
분수 곁에서
이 비둘기는 넋을 잃는다

지난날의 모든 추억 날 비 달리즈는
전장으로 떠난 내 친구들 레 있지 우울하다
오 하늘을 향해 솟아 오르고 그들의 이름으로 들어 가 는 발 걸음 처럼
물 속에 잠 든 그들의 시선이 배지 지원 입대한 크렘니치는
울울하게 죽는다 예지 있 그 들은 벌써 죽었을 까
어 디 있지 브라크와 막스 자콥 어쩌면 그 마음엔 추억이 가득한데
새벽빛 같은 회색 눈의 드랭은 수는 내 슬픔 위에 눈물 흘린다
분
전장으로 떠난 친구들은 지금 북쪽에서 싸우고 있다
전사들의 꽃 땅거미가 진다 피에 젖은 바다 공원
월계화가 넘치도록 피흘리는

107

CARTE POSTALE

우편엽서

장 루아예르에게

CORRESPONDANCE

우린 잘 지내고 있음
그러나 이동 매점이
멋지다던대
여기까지는 오질 않음

LUL

우리는 놈들을
잡아버릴 거야

MUTATION

Une femme qui pleurait

   Eh! Oh! Ha!

Des soldats qui passaient

   Eh! Oh! Ha!

Un éclusier qui pêchait

   Eh! Oh! Ha!

Les tranchées qui blanchissaient

   Eh! Oh! Ha!

Des obus qui pétaient

   Eh! Oh! Ha!

Des allumettes qui ne prenaient pas

   Et tout

        A tant changé

          En moi

  Tout

        Sauf mon Amour

        Eh! Oh! Ha!

전출

울고 있던 여인 하나
　　어! 오! 아!
지나가던 병정들
　　어! 오! 아!
낚시질하던 수문(水門)지기
　　어! 오! 아!
하얗게 바래던 참호들
　　어! 오! 아!
터지던 포탄들
　　어! 오! 아!
불붙지 않던 성냥들
　　그리고 모든 것이
　　그리도 많이 변했다네
　　　　　　　내 안에서
　　모든 것이
　　　　　　사랑만 남겨 놓고
　　　　　어! 오! 아!

EVANTAIL DES SAVEURS

Attols singuliers .
de brownings quel
goût
de viv
re Ah!

Des lacs versicolores
Dans les glaciers solaires

1 tout
petit
oiseau
qui n'a pas
de queue et
qui s'envole
quand on
lui en met
u ne

Mes tapis de la saveur moussons des sons obscurs

et ta bouche au souffle

azur

ouïs ouïs le cri les pas le pho
NOGRAPHE ouïs ouïs L'ALOÈS
éclater et le petit mirliton

맛의 부채

브라우닝 권총들의
기이한 환초 이 무슨
삶의 맛
인가 아!

태 양의 빙하 들 속
여러 색깔 호 수 들

1 마리
아 주
작은 새
꼬리가
없으나
하나 달
아 주면
날아 간
다

내 맛의 카펫 알 수 없는 소리의 계절풍들
그리고 네 입술 그 숨결은

하늘빛

들어라 들어라 비명 발자국 소리 축음
기 소리 들어라 들어라 알로에
터지는 소리와 작은 풀피리 소리

UN OISEAU CHANTE

Un oiseau chante ne sais où
C'est je crois ton âme qui veille
Parmi tous les soldats d'un sou
Et l'oiseau charme mon oreille

Écoute il chante tendrement
Je ne sais pas sur quelle branche
Et partout il va me charmant
Nuit et jour semaine et dimanche

Mais que dire de cet oiseau
Que dire des métamorphoses
De l'âme en chant dans l'arbrisseau
Du coeur en ciel du ciel en roses

L'oiseau des soldats c'est l'amour
Et mon amour c'est une fille
La rose est moins parfaite et pour
Moi seul l'oiseau bleu s'égosille

Oiseau bleu comme le coeur bleu
De mon amour au coeur céleste

새 한 마리 노래한다

새 한 마리 어디선가 노래한다
새는 필경 한 푼짜리 저 모든 병사들 속에
스며들어 보초를 서는 너의 마음
그래서 새는 내 귀를 매혹한다

들어 봐 새는 달콤하게 노래하지   5
어느 가지인지 모를 가지 위에서
그러곤 어디서나 나를 내내 매혹하지
밤이나 낮이나 평일이나 주말이나

그러나 저 새를 두고 무슨 말을 하나
영혼에서 덤불 속의 노래로   10
마음에서 하늘로 하늘에서 장미로
바뀌는 저 변신에 대해 무슨 말을 하나

병사들의 새는 사랑
그리고 내 사랑은 한 처녀
장미라도 그보다는 못하지 그래서   15
나 혼자만을 위해 푸른 새는 목이 쉬지

그 마음 하늘 같은 내 사랑의
푸른 마음처럼 푸른 새야

Ton chant si doux répète-le

A la mitrailleuse funeste

Qui claque à l'horizon et puis

Sont-ce les astres que l'on sème

Ainsi vont les jours et les nuits

Amour bleu comme est le coeur même

그리도 달콤한 네 노래 다시 불러라
저 불길한 기관총에   20

저 지평선에서 콩알 튀기는 그것
누군가 뿌려 대는 별들인가
이렇게 밤낮이 지나간다
마음이 바로 그렇듯 푸른 사랑

LA JOLIE ROUSSE

Me voici devant tous un homme plein de sens

Connaissant la vie et de la mort ce qu'un vivant peut connaître

Ayant éprouvé les douleurs et les joies de l'amour

Ayant su quelquefois imposer ses idées

Connaissant plusieurs langages

Ayant pas mal voyagé

Ayant vu la guerre dans l'Artillerie et l'Infanterie

Blessé à la tête trépané sous le chloroforme

Ayant perdu ses meilleurs amis dans l'effroyable lutte

Je sais d'ancien et de nouveau autant qu'un homme seul
    pourrait des deux savoir

Et sans m'inquiéter aujourd'hui de cette guerre

Entre nous et pour nous mes amis

Je juge cette longue querelle de la tradition et de l'invention
    De l'Ordre et de l'Aventure

Vous dont la bouche est faite à l'image de celle de Dieu

Bouche qui est l'ordre même

Soyez indulgents quand vous nous comparez

A ceux qui furent la perfection de l'ordre

빨강머리 예쁜 여자

나 이제 모든 사람들 앞에 섰다 지각으로 가득 찬 한 사나이
삶을 알고 있으며 죽음에 대해서도 산 자가 알 만한 것을
　　알고 있으며
사랑의 고통과 기쁨을 체험했으며
때로는 제 생각들을 강요할 줄 알았으며
몇 개의 언어를 알고 있으며　　　　　　　　　　　　5
적잖이 여행을 했고
포병대와 보병대에서 전쟁을 겪었으며
머리에 부상을 입고 클로로포름을 둘러쓰고 수술을
　　받았으며
저 몸서리치는 전투에서 가장 훌륭한 친구들을 잃어버린
나는 낡은 것과 새로운 것 그 두 가지를 한 인간이 알
　　만큼은 알고 있다　　　　　　　　　　　　　　10
나는 오늘 친구들이여 우리들끼리의 또 우리를 위한
이 전쟁을 두려워함도 없이
전통과 발명의 저 긴 싸움을 판정한다
　　　　저 질서와 모험의 싸움을

질서 그 자체인 입　　　　　　　　　　　　　　　15
신의 입을 본떠 그 입이 만들어진 그대들이여
질서의 완성이었던 자들과
우리를 비교할 때 관대하여라

Nous qui quêtons partout l'aventure

Nous ne sommes pas vos ennemis
Nous voulons vous donner de vastes et d'étranges domaines
Où le mystère en fleurs s'offre à qui veut le cueillir
Il y a là des feux nouveaux des couleurs jamais vues
Mille phantasmes impondérables
Auxquels il faut donner de la réalité

Nous voulons exploser la bonté contrée énorme où tout se tait
Il y a aussi le temps qu'on peut chasser ou faire revenir
Pitié pour nous qui combattons toujours aux frontières
De l'illimité et de l'avenir
Pitié pour nos erreurs pitié pour nos péchés

Voici que vient l'été la saison violente
Et ma jeunesse est morte ainsi que le printemps
O Soleil c'en le temps de la Raison ardente
    Et j'attends
Pour la suivre toujours la forme noble et douce
Qu'elle prend afin que je l'aime seulement

어디서나 모험을 추구하는 우리

우리는 그대들의 적이 아니다   20
우리는 그대들에게 넓고도 낯선 땅을 주려는 것이다
신비가 꽃피어 꺾고 싶은 자에게 바쳐진 곳
한 번도 보지 못한 색색의 새로운 불꽃
깊이를 잴 수 없는 일천 개의 환각
그것들에 실체를 주어야 하리   25

우리는 선의를 모든 것이 입을 다물고 있는 거대한
     나라를 찾으려 한다
또한 쫓아 버릴 수도 다시 불러올 수도 있는 시간이 있다
무한과 미래의
경계에서 줄기차게 싸우는 우리를 가여워 하라
우리의 실수를 가여워 하라 우리의 죄를 가여워 하라   30

바야흐로 격동의 계절 여름이 온다
그리고 내 청춘은 봄과 함께 죽었다
오 태양이여 이제 그녀 불타는 이성의 시간이다
          그래서 나는 기다린다
그녀가 지닌 고결하고 다정한 형식을   35
내 언제까지나 그녀를 따르기 위해 오직 그녀를 사랑하기

Elle vient et m'attire ainsi qu'un fer l'aimant

Elle a l'aspect charmant

D'une adorable rousse

Ses cheveux sont d'or on dirait

Un bel éclair qui durerait

Ou ces flammes qui se pavanent

Dans les roses-thé qui se fanent

Mais riez riez de moi

Hommes de partout surtout gens d'ici

Car il y a tant de choses que je n'ose vous dire

Tant de choses que vous ne me laisseriez pas dire

Ayez pitié de moi

위해
그녀가 다가와 나를 끌어당긴다 자석이 쇠를 당기듯
그녀는 사랑스런 빨강머리
매혹의 얼굴을 지녔지

그녀의 머리칼을 황금이라 하리   40
사라질 줄 모르는 한 줄기 아름다운 번개
아니 어렴풋한 다홍빛 속에
의젓하게 타오르는 불꽃이라 하리

그러나 나를 웃어 다오 웃어 다오
모든 땅의 사람들 특히 이 땅의 인사들이여   45
내 감히 말하지 않은 것 너무나 많기에
그대들이 말하지 말라 한 것 너무나 많기에
나를 가엽게 여겨 다오

독일 쾰른에서 찍은 아폴리네르 초상
1902

3부

기타 시편들
APPENDICE

FUSÉE-SIGNAL

Des villages flambaient dans la nuit intérieure
Une fermière conduit son auto sur une route vers Galveston

Qui a lancé cette fusée-signal

Néanmoins tu feras bien de tenir la porte ouverte
Et puis le vent scieur de long
Suscitera en toi la terreur des fantômes
    Ta langue
Le poisson rouge dans le bocal
    De ta voix
Mais ce regret
A peine une infirmière plus blanche que l'hiver
Eblouissant tandis qu'à l'horizon décroît
Un régiment de jours plus bleus que les collines lointaines et
    plus doux que ne sont les coussins de l'auto

신호탄

마을들은 내면의 어둠 속에서 타오른다
농부 여자가 갈베스톤으로 가는 길에서 차를 운전한다

누가 저 신호탄을 쏘아 올렸는가

아무튼 너는 문을 열어 놓을 것이며
그러고는 길게 톱질하는 바람이   5
네 안에 유령들의 공포를 불러일으키리라
        너의 혀
네 목소리의 어항 속 붉은
        물고기
그러나 이 후회   10
겨울보다 더 하얀 간호사 하나 겨우
눈부실 때 지평선에서는 먼 언덕보다
더 푸른 날들이 줄어든다
자동차의 쿠션보다 다 푹신한 날들의 연대가

VILLE ET CŒUR

La ville sérieuse avec ses girouettes

Sur le chaos figé du toit de ses maisons

Ressemble au cœur figé, mais divers, du poète

Avec les tournoiements stridents des déraisons.

O ville comme un cœur tu es déraisonnable.

Contre ma paume j'ai senti les battements

De la ville et du cœur: de la ville imprenable

Et de mon cœur surpris de vie, énormément.

도시와 심장

근엄한 도시가 집집마다 지붕의 경직된 카오스 위에
바람개비를 얹고 있는 꼴이
이성 상실의 시끄러운 맴돌기에 빠진
시인의 경직된, 그러나 변덕 많은 심장을 닮았네.
오 도시여 한 개 심장처럼 너는 이성을 잃었구나.   5
나는 내 손바닥에 도시와 심장의
맥박을 느낀다. 난공불락의 도시 그리고
살아 있음이 간파된 내 심장의 맥박을, 어마어마하게.

LE REPAS

Il n'y a que la mère et les deux fils
   Tout est ensoleillé
   La table est ronde
Derrière la chaise où s'assied la mère
   Il y a la fenêtre
   D'où l'on voit la mer
   Briller sous le soleil
Les caps aux feuillages sombres des pins et des oliviers
   Et plus près les villas aux toits rouges
Aux toits rouges où fument les cheminées
   Car c'est l'heure du repas
   Tout est ensoleillé
   Et sur la nappe glacée
   La bonne affairée
   Dépose un plat fumant
   Le repas n'est pas une action vile
Et tous les hommes devraient avoir du pain
La mère et les deux fils mangent et parlent
Et des chants de gaîté accompagnent le repas
Les bruits joyeux des fourchettes et des assiettes
Et le son clair du cristal des verres
Par la fenêtre ouverte viennent les chants des oiseaux

식사

어머니와 두 아들뿐이다
  어디에나 햇빛 빛나고
  식탁은 둥글다
어머니가 앉은 의자 뒤에
  창이 있고   5
  햇빛 받아 빛나는
   바다가 보인다
여기저기 곳에 소나무와 올리브나무의 짙푸른 가지들
  그리고 더 가까이 지붕이 붉은 빌라들
지붕 위 굴뚝에 연기가 피어오른다   10
  식사 시간이기 때문이다
   어디에나 햇빛 빛나고
   매끄러운 식탁보 위에
   하녀가 바쁘게
   김 나는 접시를 내려놓는다   15
    식사는 천한 행동이 아니며
누구나 빵을 먹어야 할 것이다
어머니와 두 아들은 먹으면서 이야기를 나누고
포크들 접시들의 명랑한 소리
유리잔 크리스털의 낭랑한 음향이   20
식사에 흥겨운 노래를 곁들이고
열린 창으로 레몬나무에 깃든 새들의

Dans les citronniers

Et de la cuisine arrive

La chanson vive du beurre sur le feu

Un rayon traverse un verre presque plein de vin mélangé d'eau

Oh! le beau rubis que font du vin rouge et du soleil

Quand la faim est calmée

Les fruits gais et parfumés

Terminent le repas

Tous se lèvent joyeux et adorent la vie

Sans dégoût de ce qui est matériel

Songeant que les repas sont beaux sont sacrés

Qui font vivre les hommes

노래가 찾아들고
불 위에 올려 둔 버터의
생생한 노래가 부엌에서 들려온다   25
빛 한줄기 물 섞인 포도주 찰랑이는 유리잔을 뚫고
지나간다
오! 붉은 포도주와 햇빛이 만드는 저 아름다운 루비
배고픔이 가라앉을 때
즐겁고 향기로운 과일들이
식사를 마무리한다   30
모두들 기쁜 마음으로 일어나 삶을 사랑한다.
물질적인 것에 대한 혐오 없이
사람들을 살게 하는
식사는 아름답다고 성스럽다고 생각하며

LE COIN

Les vieux miséreux attendent, en battant la semelle, qu'un
    patron les embauche.
Ils attendent et frissonnent, les mains dans les poches,
Ils ne se parlent pas entre eux car ils ne se connaissent pas.
Parfois l'un d'eux murmure Nom de Dieu tout bas.

Les fiacres en roulant près du trottoir, les éclaboussent
Les passants en pardessus, sans les voir les repoussent
La pluie souvent les mouille jusqu'aux os
Ils relèvent le col de la veste courbent un peu plus le dos
Disent Sacré bon Dieu de bon Dieu et toussent.

Ça durera jusqu'au jour où dans l'hôpital
Ils cracheront le reste de la vie en noir en pensant « Ça y est
    jusqu'à la gauche »
Ils pleureront peut-être comme un petit gosse qui a mal
Et crèveront en murmurant : C'est-y l'bon Dieu qui
    m'embauche ?

길모퉁이

불쌍한 늙은이들이 발을 동동 구르며 기다리고 있다, 일
    시켜 줄 사장 하나 없나.
그들은 기다리며 몸을 떤다, 호주머니에 두 손을 넣고.
그들은 서로 말을 나누지 않는다, 알지도 못하는 사이기에.
이따금 그 가운데 하나가 구시렁댄다, 씨팔 하느님 제발,
    아주 낮게.

삯마차가 인도에 바싹 붙어 지나가며, 그들에게 흙탕을
    끼얹고   5
외투를 걸친 행인들이 그들을 보지도 않고 밀치고
비가 자주 그들의 뼛속까지 젖어들고
그들은 저고리 깃을 세우고 등을 조금 더 구부리고
이런 씨팔 하느님 이런 씨팔 중얼거리며 기침을 한다.

그날까지 저럴 것이다, 자선병원에서   10
"성한 데가 없구나" 탄식하며 남은 생명을 검은 가래로
    뱉어 내는 그날까지,
그들은 아마도 아픈 아이처럼 울고
죽어 가며 중얼거리겠지 : 거기 가면 하느님이 일을 시켜
    주나?

JE ME SOUVIENS DE MON ENFANCE

Je me souviens de mon enfance
Eau qui dormait dans un verre
Avant les tempêtes l'espérance
Je me souviens de mon enfance

Je songe aux métamorphoses
Qui s'épanouissent dans un verre
Comme l'espoir et la tristesse
Je songe aux métamorphoses

C'est ma destinée que je lis
Dans les reflets incertains
Les jeux sont faits rien ne va plus
C'est ma destinée que je lis

내 어린 날을 떠올린다

나는 내 어린 날을 떠올린다
희망 그 태풍이 불기 전에
유리잔에 잠들어 있던
나는 내 어린 날을 떠올린다

나는 저 변신을 꿈꾼다   5
희망처럼 슬픔처럼
한 개 유리잔에서 피어나는
나는 저 변신을 꿈꾼다

나는 내 운명을 읽는다
아리송한 물빛에서   10
놀이는 끝났고 더 멀리 가는 것은 없는데
나는 내 운명을 읽는다

A TOUTES LES DINGOTES ET À TOUS LES DINGOS

Pardonnez-moi belle Dingote

Excusez-moi noble dingo

Je suis au lit où je ligote

La bronchite qui tout de go

Me menait droit chez le vieux Gotte,

Ce Pluton qui sent le fagot.

Mais déjà je me ravigotte

Je renais comme un saint Lago;

je demande une redingote

Pour aller faire le dingo…

La fois prochaine où l'on dingotte

En fraînçais ou bien en argot,

A New York ou bien Pantrugotte

J'aurai ma tranche de gigot…

Dans les yeux de chaque Dingote

Je lamperai du vertigot…

Déjà de plaisir je gogote,

Et je me sens un vrai dingo.

모든 댕고트에게 그리고 모든 댕고에게

나를 용서해 주오 아름다운 댕고트여
나를 어여삐 여겨 주오 고결한 댕고여
나는 침대에 누워 기관지염을 리고트.
저 파고 냄새 나는 염라대왕
늙은 고트 의원 집으로   5
투드고 나를 곧장 데려갔던 그 기관지염.
그러나 나는 벌써 라비고트
나는 지금 부활하니 생 라고
르댕고트를 입어야지요
이제 다시 댕고가 되어야지요   10
프랑스어로건 아르고로건,
뉴욕에서건 팡튀르고트에서건
다음번에 댕고트 하게 되면
지고를 한 조각 먹겠다는……
모든 댕고트들의 눈에마다   15
베르티고로 등불을 켜겠다는……
나는 벌써 기쁨으로 고고트,
진짜 댕고가 된 것만 같네요.

머리에 붕대를 감은 아폴리네르
1917

현대시의 길목

황현산

아폴리네르는 1880년 8월 26일 로마에서 태어났다. 어머니는
결혼하지 않은 신분이었으며 아버지는 알려지지 않았다.
그는 모나코에서, 그리고 니스와 칸에서 교육을 받았으며,
파리에서 오랫동안 무국적자로 살며, 결과적으로 상징주의와
초현실주의의 가교 역할을 하게 될 문학 활동으로 생계의 터전을
마련하려고 애썼다. 1차 세계대전이 발발하자 지원 입대하여
포병대와 보병대에서 사병과 장교로 복무하던 중 머리에 크게
상처를 입었다. 수술 후 상처는 회복되었지만 당시 파리를 휩쓴
스페인 독감에 걸려 1918년 11월 9일 서른일곱 살의 나이로
사망했다. 종전 사흘 전이었다. 아폴리네르는 생전에 여러
장르에 걸친 창작 활동으로 여러 권의 책을 냈으며, 그 가운데는
문학사적으로 매우 중요한 두 권의 시집 『알코올(Alcools)』(1913)과
『상형시집(Calligrammes)』(1918)이 들어 있다.
　시집 『알코올』에 관해 말한다면, 무엇보다도 이 시집은
문학사적으로 자유시를 정착시킨 시집이며, 이 점은
아폴리네르의 시적 재능과 연결된다. 아폴리네르는 흔히 말하는
'타고난 시인'의 한 사람이었다. 그는 항상 빠르게 시를 썼으며,
자기 앞에 닥친 모든 것을 주제로 삼아 어디에서나 시를 읊어
낼 수 있었다. 1차 세계대전 중 참호 속에서까지도 그에게는
시가 흘러넘쳤으며, 그 시들이 각기 생생한 감정과 흥취를
담고 있다. 당연히 양도 많다. 그가 시인으로 활동한 기간은
이십 년에 불과하지만 프레야드 판 전집에서 그의 시작품은
1000쪽이 넘는다. 앙드레 살몽은 아폴리네르에 대해 "그는 자기

안이나 밖에서 항상 '무언가'를 끌어내어 쓸 수 있는 준비가
되어 있었다."라고도, "넓은 밑천을 타고났다."라고도 말한다.
그의 펜 끝에서 나오는 것이 곧 완결된 작품은 물론 아니었으며,
여러 차례 번복되는 비평적 수정 과정을 거쳐서만 한 편의 시로
꼴을 갖추는 것이기는 했지만 아폴리네르는 거의 언제나 어떤
시법을 만들어 가지기 전에 먼저 시를 '실천'했다. 그는 '시'를
주제로 시를 자주 썼지만 그 시법 자체가 시를 쓰는 도중에서
얻어졌으며, 쓰고 있는 시의 형편에 따라 그 시법이 수정되고
바뀌었다. 아폴리네르는 확실히 좋은 시 이론가가 아니었으며, 이
점에서 그는 보들레르, 말라르메, 발레리 같은 시인과 비교된다.
그들은 모두 뛰어난 시의 이론가로 자신들이 쓰는 시에 대해
확고한 방법이 있었다. 따라서 그들의 작품을 이해하기 위해 우선
참조해야 하는 것은 그들의 이론이다. 자신이 만든 것을 자신이
설명할 수 있어야 그 진실성을 보장받는 프랑스의 지적 풍토에서
아폴리네르의 경우는 매우 특이하다. 그도 비평 활동을 했으나
그 평가의 방법이나 기준은 한결같지 않다. 또한 자신의 시와
시작을 설명하려고 노력했으나 그 설명이 그의 시를 이해하는
데에 직접적인 도움을 주는 경우가 드물다. 설명은 일관된 문맥을
갖추고 있기보다는 짧은 토막 생각을 모아 놓은 것처럼 보이며,
시와 마찬가지로 암시적이고 모호하다. 따라서 시를 이해하기
위해 그 이론을 참조하기보다는 시를 먼저 깊이 분석하고 그에
준하여 그의 시론을 이해하는 편이 차라리 더 빠르다.
　　그런데 일관되지 않은 것은 시도 마찬가지이다. 시를 이끌어
가던 착상이나 이미지는 그 내용을 다 드러내기도 전에 방향을
전환한다. 시의 중심이라고 여겨지던 것이 한 옆으로 밀려나고,
어조도 리듬도 말의 질도 달라진다. 어떤 경우에도 그와
동시대인이었던 폴 발레리 같은 사람의 냉정하고 지적으로
계산된 시를 읽는 방식으로는 그의 시를 읽을 수 없다. 그는
거의 언제나 중요한 순간에 시 바깥에 있는 생경한 세계를

느닷없이 끌어들여, 전통적으로 시를 묶어 놓고 있던 인간-
정서-자연이라는 폐쇄적인 순환의 틀을 깨뜨리곤 한다. 그것은
계산이라고 하기보다는 차라리 주먹구구라고 해야 할 것이다.
앞에서도 이야기한 것처럼 그는 "내 시 한 편 한 편은 내 생애에
일어난 사건들의 기념"이라고 말했고, 실제 모든 시의 배경에
그의 체험이 깔려 있는 것이 사실이나, 그 사건과 시의 관계 역시
항상 명확한 것은 아니다. 그는 자기 삶을 털어놓지만, 이 고백은
중요한 순간에 마지막 비밀의 언저리에서 침묵 속에 가라앉거나
베일에 가려진다. 갑자기 높았던 어조가 하강하고 고결했던
감정이 비천해진다. 물론 그 반대의 경우도 있다. 상투적인 시적
서정의 틀에 묶여 있던 시가 갑작스런 현실 세계의 침입과 더불어
자신의 진술을 완전히 부인하고 뜻밖의 해방감을 몰아온다.
어느 경우에나 독자는 당연히 어리둥절해지는데, 독서의 흐름을
거역하는 이 난입 때문에 독자들은 자기가 읽고 있는 시를 다시
살펴보지 않을 수 없게 된다.
　『상형시집』은 문학적 전위의 이론과 실천의 실례를 동시에
보여 주는 시집이다. 특히 이 시집에는 시인 자신이 창안하여
그 이름을 만들어 붙인 '상형시(Calligramme)'가 여러 편 들어
있으며 그것이 이 시집의 환경을 주도한다. 상형시는 등장했을
때 많은 시비를 불러일으켰지만, 이제는 이 장르의 시가 말을
그림으로 다시 반복하는 동어반복법의 한 종류에 지나지
않는다고 공공연히 주장하는 사람은 드물다. 이런 생각의 기초가
되는 음성중심주의에 저항하여, 상형시에서 몸짓으로서의
시니피앙과 지면 구성의 원칙 그 자체인 에크리튀르를 발견하고,
거기서 다의성과 비선조성의 실현 같은 특별한 시적 효과를
평가하려는 주장들이 비록 깊거나 넓은 공감을 얻지는 못한다
하더라도 상형시에 대한 '공식적인 의견'으로 인정된다. 물론 이런
주장들이 이의 없이 통용되거나 힘을 얻는 것은 대개 상형시를
설명하고 그 가치를 평가해야 할 필요성이 당면 과제로 등장했을

때의 일이다. 이 당면 과제가 해결되고 나면 상형시는 다시
하류문학 내지는 특수문학이라는 일반의 인식에 갇혀 또 다른
임무 수행자가 나타날 때까지 기다려야 하는 것이 지금까지의
현실이다. 상당 부분 이미 존재하는 것에 대한 합리화의 성격을
띠고 있는 이들 공식적 의견이 상형시의 미래를 보장해 주지는
않는 것이다. 게다가 이들 의견은 상형시를 시 일반으로부터
떼어 내서 생각하려 했던 여러 사정의 소산일 뿐만 아니라 그
분리를 더욱 강화시키는 성격도 지닌다. 그러나 상형시가 여타의
시들과 반드시 다른 목표를 겨냥했다고는 말하기 어렵다. 위에서
잠시 언급했던 것처럼 상형시의 특별한 미학적 효과로 꼽히는
다의성과 비선조성만 하더라도 그 자체로 시의 현대적 특성과
그 지향점을 설명하는 말 가운데 가장 일반적인 것에 속한다.
상형시와 그것을 추진시켰던 담론들이 상형시 그 자체의 미래를
유망하게 하지는 못했다 하더라도, '시'의 시대적 희망을 뚜렷하게
그림 그려 내었다고는 분명하게 말할 수 있다. 이제 상형시는
이론적으로 설명되고 있을 것이 아니라 '감상'되어야 한다. 이
시집에 여러 편의 상형시를 번역하여 넣은 것도 이 때문이다.
　　시집 『알코올』에서는 자유시의 모범작들을 중심으로 시를
선택했으며, 『상형시집』에서는 전위적 시론으로서의 시들과 잘
만들어진 상형시를 뽑아내어 번역하였다.
　　다음은 각 시편들에 대한 주석이다.

「변두리」

　　1912년 《파리의 야회》 12월호에 처음 발표된 이 시는 시집
『알코올』에 수록된 시들 가운데 가장 늦게 쓰인 시이지만, 시집의
첫머리에 놓여 그 서시의 역할을 하고 있다.
　　시인은 이 시에서 어느 날 아침부터 그 이튿날 새벽까지
파리 시내를 방황한다. 시는 첫머리에서 현대 세계에 대한
권태를 고백한다. 에펠탑이나 철교는 현대가 자랑삼는 문명의

승리이지만, 시인이 보기에 그것들은 여전히 이 현대적인
시도에도 불구하고 낡은 목가의 이미지를 벗어 버리지 못하고
있다. 이 낡은 세계는 물론 『알코올』의 시들에 그 배경이 되고
주제와 내용이 되었던 세계이다. 그 행불행은 곧 시의 행불행이다.
　고통과 권태 속에서 시인은 동시대의 파리가 미래에 대한
낙관주의로 부풀어 있는 햇빛 밝은 아침에 그 희망을 함께
누리려 한다. 「변두리」의 그 유명한 상승 장면이 펼쳐지는 것이다.
시대의 총아 비행기를 둘러싸고 온갖 새들과 신화적 인물들이
날아오른다. 이 장엄한 상승은 그러나 갑자기 좌절되고, 시인은
"외톨이가 되어 파리의 군중 사이"에서 헤맨다. 이 방황 속에
시인의 어린 시절부터 지금까지 또 하나의 방황이었던 생애가
펼쳐진다. 이 떠도는 기억은 마침내 시인이 1911년 모나리자 절도
사건의 혐의자로 구속되고 그 여파로 마리 로랑생과 헤어지는
순간에서 한 고비를 넘기고, 그의 잃어버린 순진성과 낭비된
인생이 탐욕과 비열함과 비참함 등 현대 도시의 다른 얼굴로
투영되어 나타나는 밤거리의 방황으로 이어진다. 시인은 자신의
불행이 이 도시의 비참함과 같은 것임을 이해한다. 창녀들이
몸을 팔듯이 그는 자신의 육체적 감각과 불행을 팔고 있다. 시는
이 누추한 세계를 안아 들일 수 있어야 한다. 시는 비시적인
이 현실 앞에 주눅이 들 것이 아니라 그 거친 세계의 거친
감정을 이용하여 그것과 같은 것이 되어야 한다. 마침내 시인은
새벽길을 밟고 자기 숙소로 돌아온다. 그 숙소에는 "또 다른
형식 또 다른 신앙의 그리스도들"이며 "알 수 없는 희망의 열악한
그리스도들"인 "오세아니아와 기니아의 물신들"이 있다. 이
물신들은 말할 것도 없이 아폴리네르의 새로운 미학을 암시한다.
이방인들의 눈앞에 전시된 물신들이 그 최초의 신비로움을 잃은
가운데 주어진 현실을 벗어나고자 열망했던 사람들의 고통으로만
남아 있는 것처럼, 시 또한 전통적 원칙에 기댈 것이 아니라 그
원칙 자체가 만들어지던 최초의 고통을 다시 살아야 한다.

제목 : 「변두리」로 옮긴 프랑스어 "Zone"는 흔히 '지대'라고
번역되어 왔으나 그 기원과 의미에 관해서는 세 가지 다른
가설이 있다. 1° 'Zone'는 1912년 아폴리네르가 잠시 체류한
적이 있는 에티발(Etival) 근교의 '비관세 지역(la zone franche)'을
암시한다(데코댕). 아폴리네르의 다른 시집 『상형시집』의
「연기」에서 시인이 "나는 Zone의 담배를 피운다."라고 말할 때의
'Zone'도 '비관세 지역'을 뜻한다. 이 지리적 기호는 'Zone'가
인간들이 방황하는 내외 경계선의 시임을 의미한다(뒤리). 2°
파리의 외곽을 둘러친 성벽과 교외 사이에 개발제한구역이
있었는데 이를 'la zone'라 불렀다. 여기에는 각종의 오두막집,
판잣집, 부랑자들의 숙소가 있었으며, 이 상황은 1935년까지
계속되었다. 이 시의 비참한 모습은 빈민굴의 그것과
연결된다(뒤리). 아폴리네르는 그의 착취자들에게 무국적자로
취급되었기에, 안정된 삶을 보장받지 못한 채 먼 곳에서 이주해
온 이 'zone'의 사람들과 그 비참한 형편에 눈을 돌리지 않을
수 없었다(파스칼 피아). 3° 'Zone'는 '허리띠', 곧 '벨트'의 뜻이
있다. 아폴리네르의 시는 아침에서 시작하여 아침에 끝나며
도착점과 출발점이 맞닿아 있다. 아폴리네르는 이 제목을 통해
우리 현대인들이 사물의 중심, 어떤 중심적 진리, 어떤 확신에
머물러 있지 못하고 어떤 'zone'를 방황하며 그 주변에 있음을
의미하려 했다(뒤리). 아폴리네르는 이 낱말의 '아우라', 즉
불확정, 비참한 생활에의 환기, 잠긴 허리띠의 버클, 출발점으로
되돌아가기의 이미지에 이끌리고 있지 않을까(데코댕). 이
세 가설은 모두 중심, 주변의 관계를 이야기한다. "Zone"는
'어디서나 모험을 하는' 아폴리네르의 시가 그 모색을 계속하고
있는 상상력의 한계 지대이다. 시는 이중으로 '변두리'에
있다. 현대사회에서 시는 불안정한 삶을 살아가는 사람들처럼
'변두리'에 몰려 있지만, 그 곤경을 기회로 삼아 '변두리'를
확장함으로서 삶의 새로운 가능성을 창조한다.

2행. 단순한 구조로 현대건축의 상징이 되는 에펠탑을 목가 속의 양치기 처녀에, 센 강의 다리들을 양 떼에 비긴 이 시구는 특히 이 시가 고대와 현대를 대비하고 있기 때문에 더 큰 효과를 발휘한다.

5-6행. "종교만이 새롭게 남아 있다" ── 시인이 종교를 늘 새롭고 따라서 현대적이라고 생각하는 것은 무엇보다도 종교가 인간의 열망을 단순하게 바꾸는 힘을 가졌기 때문이다. 종교 앞에서는 인간의 어떤 열망이나 고통의 표현도 기도로 바뀐다. "비행장"이라고 번역한 "Port-Aviation"은 아폴리네르 시절의 파리 공항으로 당시로서는 놀랍도록 단순하고 기능적인 건축이었다.

8행. "교황 비오 10세"는 종교적으로 반모더니스트였지만 1911년 5월, 파리와 로마 간 비행 경주에서 우승한 비행사 보몽을 축복했다는 점에서 현대적이다. 비오 10세를 모더니즘 속에 끌어들인 이 시구는 그리스도, 비행사, 20세기를 비행이라는 동일한 기능에서 서술하게 될 40행 이하 일련의 시구들에 일종의 복선이 된다.

11행. "광고지 카탈로그 포스터"는 현대 회화의 파피에콜레(papier collé)를 생각나게 한다. 전위적 회화의 이론적 지지자였던 아폴리네르는 문학과 관련해서도 광고지 등의 음조가 이미 자기 시대의 시에 스며들어 있으며, 그 음조를 밖으로 분출시키는 것이 시인인 자신의 임무라고 말한 적이 있다. 이 생각은 1917년의 강연 「새로운 정신과 시인들」에서 하나의 실험 이론으로 개진된다.

15-24행. 여기서 서술되는 공장가의 현대적이고 기능적인 도로는 그 새롭고 단순한 외양으로 잃어버린 어린 시절의 소박한 삶을 시인에게 되돌려 줄 수 있을 것처럼 보인다. 그러나 이 단순성이 인간의 불행한 기억을 정리해 줄 수도, 인간 사회의 비참함을 구제해 줄 수도 없다는 것을 시인은 곧 알게 된다.

25-41행. 종교적 향수에 대한 주제가 어린 시절의 추억에서부터 학생 시절의 신심을 거쳐 예수의 수난과 관련된 종교적 이미지로, 그에 대한 '현대적 해석'으로 이어진다.

26행. "흰색 푸른색" — 성모 마리아에게 바쳐진 아이가 입는 옷의 색깔이다. 이 경건한 색조는 31행의 "자수정 빛"을 거쳐 35행에서 십자가 수난의 "주홍빛"으로 바뀐다.

27행. "르네 달리즈"는 생샤를 학교 시절 아폴리네르의 동급생인 르네 뒤퓌의 필명. 두 사람은 1903년 파리에서 다시 만나 문단 활동에서 서로 협조했다.

37행. "영광과 영생의 이중 횡목" — 횡목은 십자가의 가로대를 말한다. 시인이 여기서 말하는 것은 평상의 십자가에 가로대 하나가 더 있는 이른바 대주교 십자가(croix patriarchal)이다. 이 이중 횡목에서 위의 작은 횡목은 십자가 수난 당시 '예수 그리스도, 유대의 왕'이라고 써 붙였던 명패를 나타낸다. 이에 대한 상징적 해석 가운데 하나는 위의 작은 가로대가 예수의 죽음을, 큰 가로대가 부활을 뜻한다고 본다. 아폴리네르가 이 이중 횡목에서 "영광과 영생"을 볼 때, 그는 바로 이 해석을 염두에 둔 것이다. 이 이중 횡목 십자가의 이미지는 다음 시구에서 다윗의 문장이자 유대교의 상징인 "여섯 모난 별"이 되고, 뒤이어 초기 비행기의 간략한 모습이 된다. 아폴리네르에게 예수는 이 이중 횡목 십자가라는 비행기를 타고 하늘로 올랐던 최초의 비행사이다.

42-70행. 상승 주제의 시구. 예수의 승천으로부터 시작되는 상승의 비행사와 사제들의 상승, 전설의 새들을 포함하여 세계 각지에서 모여든 새들의 비상으로 이어진다.

42행. "눈동자여 눈의 그리스도여" — 가톨릭의 기도문 가운데 한 구절인 "눈동자 같으신 주여, 우리를 보호하소서(Custodi nos, Domine, ut pupillam oculi)"를 변조한 말이라는 해석이 있다. 그러나 뒤리가 말하는 것처럼 '눈의 수정체(cristallin)'와 '그리스도(Christe)'의 동음 관계에 기초한 유희적 상상력이

"주여(Domine)"를 "그리스도여"로 바꾸는 데 개입했을 것으로 보인다.

43행. "세기의 스무 번째 고아"는 물론 20세기를 가리키는 말이다. '세기'를 "고아"라고 부르는 말장난이 성립할 수 있는 것은 '세기'를 뜻하는 낱말 'siècle'이 중세 불어에서 'seule'로 표기된 적이 있기 때문이다. 현대 불어에서 'seule'는 '홀로인, 외로운'의 뜻을 지닌 낱말이다. 한편 "고아"라고 번역한 프랑스어 "poupille"는 앞 시구에서 '눈동자'라고 번역한 낱말과 철자와 발음이 같다. 이 '눈동자/고아'를 통해 그리스도는 20세기와 또다시 연결된다.

46행. "유태 땅의 마술사 시몬" — 신약의 사도행전에 나오는 사마리아의 마술사로, 신도들에게 성령을 내리게 하는 권능을 사도들에게서 돈을 주고 사려고 했다. 성직, 성물매매를 뜻하는 'simonie'라는 말이 이 사람의 이름에서 연유한다. 한편 어떤 전설에 따르면 그는 하늘을 나는 마법을 익혔다고 한다. 시몬은 이 전설에 의해 상승의 주제와 연결된다.

47행. "그가 날 수 있으니 그를 날치기라 불러야⋯⋯" — "날치기"라고 번역한 프랑스어 'voleur'는 '도둑'이라는 뜻을 지닌 낱말이지만 '나는 자'의 뜻으로 읽힐 수도 있다. "날치기"는 이 두 뜻을 아우르기 위해 선택한 말이다.

49행. "이카로스 에녹 엘리아 티아나의 아폴로니우스" — 모두 하늘로 날아오르기와 관련된 전설적 인물들이다. 이카로스는 그리스 신화에서 밀랍으로 날개를 만들어 몸에 붙이고 하늘로 올라갔으나 태양열로 밀랍이 녹아내려 바다에 떨어졌다는 인물. 구약에서 카인의 아들인 에녹과 선지자 엘리아는 불마차를 타고 하늘로 휴거했다고 한다. 티아나의 아폴로니우스는 신피타고라스학파의 철학자로 전설에 의하면 동시에 두 장소에 나타나는 능력이 있었으며, 끝내는 하늘로 날아올라 지상에서 사라졌다.

51행. "성체에 실려 가는 사제들" — 가톨릭 미사에서 사제가 "면병" 곧 밀빵을 축성하여 그리스도의 몸인 성체로 변화시킨 후 그 성체가 든 용기를 위로 들어 올리는 절차가 있다. 이를 성체거양(聖體擧揚, élévation)이라고 한다. 아폴리네르는 이 과정에서 비행사인 그리스도의 성체가 하늘로 올라가고 사제가 그 힘에 이끌려 함께 따라 올라가는 모습을 상상하고 있다.

57행. "록 새" — 『천일야화』에 나오는 거대한 상상의 새.

62행. "비익조" — 아폴리네르가 젊은 시절에 쓰던 수첩에는 다음과 같은 기록이 있다. "비목어(두 눈이 짝을 짓는다.)는 눈이 하나밖에 없다. 비익조(두 날개가 짝을 짓는다.)는 날개가 하나밖에 없다. 이 물고기와 새는 암수가 짝을 지어 다닌다(중국 시). 수컷 오른쪽, 암컷 왼쪽."

89-120행. 어린 시절부터 상테 감옥에 투옥될 때까지의 생애 전체에 대한 일종의 역사적 성찰. 비교적 담담한 술회가 끝에 이르러서는 고통의 절규로 바뀐다.

89행. 아폴리네르는 지중해변의 모나코와 칸에서 소년기를 보냈다.

94행. "우리 구세주의 모습 물고기들이 헤엄친다" — 물고기는 초대 교회에서 그리스도의 상징이었다. 이 시에서 아폴리네르는 일종의 강박관념처럼 어디서나 그리스도의 모습을 본다.

96행. 아폴리네르가 프라하에 갔던 것은 1902년 4월이다.

99행. "상베트 성당의 마노에 그려진 너를 본다" — 프라하 상베트 성당의 벽을 장식하는 마노에는 광인의 얼굴처럼 보이는 무늬가 들어 있다. 이 무늬를 본 아폴리네르는 이 광기 어린 얼굴이 자신의 얼굴이며, 자신의 나쁜 운명을 예언하는 것이라고 생각했다. 이 이야기는 『이교도 회사』에 수록된 그의 단편소설 「프라하의 행인」에도 들어 있다.

102행. 프라하의 유태인 구에 있는 시계탑의 시계는 시침과 분침이 시계 반대 방향으로 돌아간다.

104행. "흐라친"은 프라하의 옛 왕궁.

111행. "쿠비쿨라 로칸다(cubicula locanda)"는 셋방이라는 뜻의
라틴어.

113행. "너는 파리에서 예심판사의 손에 들어 있다"—
아폴리네르는 1911년 9월 7일, 루브르 박물관에서 사라진
「모나리자」 절도 혐의로 상테 감옥에 구속되었다가 9월 12일,
기소 각하로 일주일 만에 석방된다. 이 사건은 마리 로랑생과
결별하는 결정적 동기가 되며, 이 사건 후 시인은 국외추방의
위협에 시달리게 된다.

121-134행. 외국 노동 이민들에 대한 연민을 나타내는 시구들.
자신이 한 사람의 떠돌이인 시인은 그들의 운명에서 자신의
운명을 볼 수밖에 없다.

125행. "그들은 아르헨티나에서 돈을 벌어"— "돈" 또는 '은'을
뜻하는 프랑스어 'argent'이 지명 "아르헨티나(Argentine)"에도
들어 있다. 앞날이 불안한 이민들은 이 지명에까지 막연한
희망을 걸려고 한다. 이 점에서도 이민들은 자주 동음이의어로
언어유희를 하는 시인 아폴리네르를 닮았다.

135-155행. 새벽까지 거리를 방황한 시인은 아침을 맞아
집으로 돌아간다.

146행. "어느 아름다운 혼혈녀"— 마리 로랑생을 나타내는
것으로 흔히 해석된다. 로랑생은 자기 조상 중에 흑인이 있었다고
말한 적이 있다. 그러나 이 혼혈녀는 낮의 밝음과 밤의 어둠이
섞여 있는 새벽의 이미지이기도 하다.

151행. "오세아니아와 기니의 물신들"— 아폴리네르의
침실에는 실제로 이 물신들이 있었다. "또 다른 형식 또
다른 신앙의 그리스도들"이며 "알 수 없는 희망의 열악한
그리스도들"인 이 물신들은 인간의 비참함과 거친 희망을 그
자체로 형상화하고 있다는 점에서 현대 예술의 일면을 나타낸다.

154행. "안녕히 안녕히"— 시인을 불행하게 했던 시대, 그가

벗어나고자 하는 "낡은 세계"에 대한 작별 인사다.

155행. "태양 잘린 목" — 태양은 참수당한 사람의 머리처럼 하늘에 떠 있다. 시인은 이 자기 처형을 통해서만 하늘에 올라 새 시대에 진입한다.

「미라보 다리」

아폴리네르의 시 작품 가운데 대중에게 가장 널리 알려진 시이다. 이 시가 《파리의 야회》지에 처음 발표된 1912년 2월, 다섯 해 동안 연인 관계를 유지해 왔던 아폴리네르와 마리 로랑생의 결별은 이미 돌이킬 수 없는 상태에 닿아 있었다. 시의 착상도 물론 이 불행한 사랑에 바탕을 두고 있다.

이 시는 음조와 리듬이 13세기 프랑스의 물레 잣기 노래를 닮고 있다고 지적된다. 낡은 민요의 음조가 주는 아련한 분위기 속에서, 시간의 덧없음과 사랑의 종말이라고 하는 낯익은 서정적 주제가 강물의 흐름과 감각적으로 연결되어 있어 매혹적인 울림을 주는 시이다. 첫 연에서 벌써 지난날의 일이 되어 버린 "우리 사랑"은 시인의 의지와는 관계없이 억제할 수 없는 기억이 되어 그에게 떠오른다. 시인은 이 추억이 고통스럽지만 한편으로는 그 달콤한 회상 속에 빠져들고 싶은 욕망이 있다. 이 아이러니컬한 기억과의 싸움은 시간의 어둠 속에 묻힌 삶과 그 삶의 복원이라고 하는 철학적인 문제와도 한 끈으로 연결된다.

그런데 시인이 느끼게 될 가장 큰 고통은 추억 속에 빠져 들어 그것을 응시하려 할 때 그 기억의 낯선 분위기가 흔적 없이 사라진다는 점일 것이다. 희랍신화에서 오르페우스가 지하세계에서 에우리디케를 데리고 어둠의 동굴을 빠져나올 때, 마지막 순간 고개를 돌려 그녀의 얼굴을 보려다 그녀를 잃게 된다는 이야기는 기억의 이 미묘한 현상에 대한 하나의 비유로 읽힐 수 있다. 이 시에서는 연마다 반복되는 후렴구와 첫 행과 마지막 행을 동일하게 장치한 특이한 구조가, 추억의 행복감

속에 부동하게 머물고자 하나 잃어버린 사랑으로부터 더욱 멀리
떨어져 나가는 시인의 고통을 잔잔하게 확산, 증폭시킨다.

「아니」

이 시는 1912년에 처음 발표되었으며, 그때 제목은
"파니(Fanny)"였다. 고쳐 적은 제목 「아니(Annie)」는 독일 시절에
만났던 여자 애니 플레이든(Annie Playden)과 무관할 수 없을
것이다. 애니는 1904년에 미국으로 떠났고 이후 연락이 두절된
두 사람은 다시 만나지 못했다. 따라서 "모빌과 갈베스톤 사이/
텍사스의 해안"은 애니의 실제 거처와는 아무 관계가 없다.
아폴리네르가 미국 지도를 펴 놓고 무작정 선택한 한 지명일
뿐이리라.

이 시는 애니 플레이든과 관련된 다른 시들처럼 비극적인
요소가 겉에 드러나지 않지만, 가벼운 장난기 속에서 아련한
슬픔을 감지하기는 어렵지 않다. 미국의 별장 같은 시골집에
살고 있는 한 여자와 그 앞을 지나가는 방랑자는 "같은 전례"를
따르고 있다. 물론 이 "같은"은 말장난일 뿐이다. 우리가
"단추"라고 번역한 프랑스어 단어 'bouton'은 단추라는 뜻 외에도
아직 꽃 피지 않은 '봉오리'라는 뜻을 지니고 있다. 그래서 그
정원의 장미나무에 '단추'가 없다는 것은 아직 꽃 피지 않은
'봉오리'는 없다는 뜻. 여자의 옷에도 단추가 없는데(이때는 정말
단추다.), 메논교파 가운데에서도 가장 엄격한 고행자들의 모임인
애미시 교단에서는 의복에 장식적 성격이 있는 단추 대신에
후크를 달았다. 시인의 "저고리에 단추 두 개"가 모자라는 것은
그가 가난한 방랑자이기 때문이다.

시인이 사랑에 실패한 자신을 어디에도 안주하지 못하고
처량하게 떠도는 나그네로 여기는 것은 자연스럽다. 그는 한때
사랑했던 여자가 불행한 삶을 살기를 바라지는 않는다. 그러나 이
세상의 행복에 젖어 있기를 바라지도 않는다. 이렇게 해서라도 두

사람은 동일한 고통의 전례를 따라야 한다. 물론 아폴리네르는
장난스럽게만 그렇게 말할 뿐이다.

거의 아무것도 없이 읽을 만한 것을 만들어 내고, 묵은
기억이나 삶에 대한 의문 같은 것을 떠오르게 한다는 것, 그것이
아폴리네르의 재능 가운데 하나이다.

「행렬」

이 장시는 아폴리네르의 시 가운데 가장 아름다운 시에
속한다는 평가를 받는다. 로망파 내지 상징파의 '투시(透視)'
개념에 대한 현대적 해석이라고 할 수 있는 이 시는 부르통,
아라공, 엘뤼아르 등 초현실주의 제일세대들에게 크게 영감을
주었다. '나는 누구인가.'라는 질문과 그에 대한 대답의 모색이 이
시의 주제라고 할 수 있을 터인데, 시인에게 그의 '자아'는 인류와
종족의 역사를 구성하는 모든 요소들과 현상들, 한 개인을
모든 다른 개인들과 공시적, 통시적으로 묶어 놓고 있는 거대한
그물망의 총체적 '행렬'로 파악된다. 이 행렬은 마침내 "해저의
도시"를 지나가는 "해초에 덮인 거인들"이 된다. 이 해저와
거인들은 초현실주의자들에게서 그 미학적 이론의 바탕이 되는
무의식의 개념으로부터 결코 멀리 떨어져 있지 않다.

시의 첫 대목 3연을 구성하는 열여섯 줄의 시구에서 시인은
자기 자신을 투시하고 파악할 수 있는 거리와 시간과 방법을
강구하고 싶어 한다. 이어 마흔여덟 줄에 달하는 4연에서 시인은
자신의 내적 외적 경험을 분석하고 그것을 정리 종합하여 바로
자신의 '자아'인 시간과 "노력"의 한 덩어리를, 즉 "모든 인간의
육체와 인간사들이 형성한 나"를 발견한다. 마지막 2연은 이에
입각한 아폴리네르의 시간론이다. "과거"는 자아 속에서 "노력과
효과를 동시에 완성"하면서 성장을 계속하고 있는 것인 반면,
"미래"는 "형체와 색깔이 없는 것"으로 파악된다. 미래가 비어
있는 것으로, 무형으로만 존재하며 미리 결정되어 있는 것은

아무것도 없다는 이 생각은 새로운 종류의 무신론이며 인간의
자유에 대한 또 한 번의 선언이다.

1행의 "조용한 새 뒤집혀 나는 새"는 하늘을 땅으로 여기고
거기에 보금자리를 가지고 있는 새이다. 이 새에게는 지구가
하늘의 별이다. 아폴리네르는 이 새를 설정함으로써 자신과
자신의 지상적 삶 전체를 투시할 수 있는 거리를 얻게 된다.

18행의 "이 길쭉한 불"은 물론 시인 자신이다. 그 불이 길쭉한
것은 날아가는 불이기 때문이다. 운동하는 것만이 자체 발광의
힘을 지닌다.

34행의 "코르네유 아그리파"는 중세 쾰른의 신비철학자.
전설에 의하면 그는 검은 개 한 마리를 데리고 살았는데,
사람들은 그 개가 메피스토펠레스의 화신이라고 믿었다. 이
철학자는 1509년에 쓴 그의 저서 『De Nobilitas et Praecellantia
foemini sexus』에서 여성이 남성보다 도덕적으로 우월하다고
주장했다. 다른 전설에 의하면, 37행에 등장하는 성녀
우르술라는 쾰른의 수녀원장으로 1만 1000명의 처녀들과 함께
훈족에게 저항하던 끝에 살해되었다. 이는 코르넬리우스의
주장에 대한 강력한 증거가 될 수 있다. 실연의 경험이 있는
아폴리네르는 코르넬리우스의 이 주장을 믿지 않는다.

71행과 73행의 "곁에서"는 '비교하여'의 뜻이지만, 정확하게
말한다면 미래는 무색, 무형이기 때문에 비교의 대상이 되기
어렵다. 미래는 인간적 노력의 효과에 의해 현재의 시점을 경계로
삼아 유색, 유형의 과거 속으로 편입된다.

「나그네」

1912년 9월 《파리의 야회》지에 처음 발표되었던 이 시
「나그네(Le voyageur)」는 평생을 거의 무국적자로 살았던 시인의
심정적 자전이라고 부를 만하다. 아폴리네르는 1차 세계대전 참전
당시 그의 애인이었던 마들렌 파제스에게 보낸 편지에서 시집

『알코올』의 시 가운데 가장 좋아하는 시로 「포도월(Vendémiaire)」과 함께 이 「나그네」를 꼽았다.

이 시는 시인이자 비평가였으며 1909년 이후 아폴리네르의 친구였던 페르낭 플뢰레(1844-1943)에게 헌정되었다. 플뢰레는 어느 날 저녁 그들 두 사람이 국립도서관의 열람 금지 서적들을 뒤지고 나와 파리 시내를 어정거리던 중에 "꼬리도 머리도 없는 민중적 한탄가"의 일종인 이 시를 즉흥적으로 읊었다고 증언하고 있다. 이 시에는 여러 이미지들이 즉흥적으로 병치되어 있는 것이 사실이지만, 32행부터 48행까지 열두 음절 시구로 된 네 개의 4행연 정형시는 즉흥적으로 얻어진 것이라고 보기 어렵다. 쓰다 둔 시를 새 시 속에 뒤섞어 넣는 아폴리네르의 창작 방법 가운데 하나다.

이 시를 꼼꼼하고 명민하게 분석한 로커비는 시인이 탐색과 방랑이라고 하는 상징주의의 전통적 주제에 천착하면서도 그 탐색의 공간을 근대 도시로 옮겨 놓고 "자신의 불안과 근심에 대한 성찰, 내면 탐구"를 그 탐색의 대상으로 삼고 있다고 말한다. 그러나 이 탐색의 가장 중요한 특색은 시인 그 자신인 "나그네"가 뚫고 들어가지 못하는 도시들의 그 외곽과 연결선들, 그리고 때로는 따돌림을 당하는 자만이 표류하게 되는 도시의 가장 내밀한 장소들에 있을 것이다. 이 점에서 이 탐색은 의도된 것이라기보다 차라리 운명 지어진 것이다.

시의 1행이자 시의 마지막 대목에서 다시 반복되는 "울면서 두드리는 이 문을 열어 주오"라는 시구가 생각나게 하는 것은 많다. 우선 "두드려라, 그러면 열릴 것이다."라는 성경 구절이 있다. 성경에는 또한 혼례의 저녁에 등불을 준비하지 못한 어리석은 처녀들 앞에 닫혀 있는 성문처럼 두드려도 열리지 않는 문들도 많다. "주여, 그대의 문 앞에 서서 그대의 긍휼을 기다립니다."로 시작하는 낡은 찬송가도 있다. 이런 성서적 비유를 떠나서도, 문을 두드리는 일은 걸인과 방랑자들, 모든

"한탄가"의 저자들이 겪는 일상사이다. 아폴리네르도 떠돌이로서
생애 내내 열리지 않는 문 앞에 자주 서 있었으며, 시 창작자와
예술 이론가로서 온갖 문을 안타깝게 두드렸다.

2행의 "에우리포스"는 그리스 반도와 에우보이아 사이의 해협.
하루에 열두 번 내지 열네 번 물길의 방향이 바뀐다.

4행. "미래의 열기" ― 구체적으로는 수평선의 황혼.
수평선에서 붉게 타오르는 불길이 문 밖의 나그네를 덥혀 주지는
않는다. 나그네는 그 열기를 미래의 어느 시간에 누리게 될
터이나 그 미래는 기약이 없다.

13행. "홀 안쪽에 그리스도 하나가 날고 있었지" ―
아폴리네르는 시 「변두리」에서도 십자가의 그리스도상에서
비행기와 비행사의 이미지를 본다. 그에게서 그리스도는 최초로
하늘을 난 비행사이다.

14-15행. "족제비"와 "고슴도치" ― 프랑스에는 족제비나
고슴도치를 사육하는 농가들이 많았다. 족제비는 우리의 매처럼
사냥을 하는 데 이용된다. 고슴도치를 기르는 것은 그것이
행운을 가져온다는 민간신앙 때문이다. 족제비를 갖는다는
것이 현실적이고 영악한 처세를 뜻한다면, 고슴도치는 비현실적,
몽상적으로 세상을 살아가는 태도와 관련된다. 그러나 다른
해석도 가능하다. 프랑스에서는 우리의 '수건 돌리기'와 비슷한
범인 찾기 놀이를 '족제비 찾기'라고 부른다. 족제비를 가진
사람은 곧 횡액을 만나는 사람이 되며, 이 관점에서 행운의
고슴도치를 기르는 사람과 대비된다.

「마리」

《파리의 야회》지 1912년 10월호에 처음 발표되었다. 거의 같은
시기에 《운문과 산문》지 1912년 10-11월호에 다시 발표되었으며,
이때 현행의 텍스트처럼 구두점이 모두 삭제되었다. 아폴리네르가
그의 시에서 구두점을 모두 삭제하기 시작한 것은 바로 이

무렵부터이다. 아폴리네르는 마들렌 파제스에게 보낸 1915년 7월 30일 자 편지에서, 마리 로랑생과 결별하며 그 "통렬한 추억을 기념한 시" 가운데 이 시가 "가장 통렬한 시"라고 썼다.

6행의 "가면들(masques)"은 춤출 때 쓰는 가면들이겠지만, 이 말 없는 가면들이 현실을 현실 아닌 것으로 느끼게 한다.

「앙드레 살몽의 결혼식에서 읊은 시」

제목에서 말한 것처럼 1909년, 시인의 친구인 앙드레 살몽의 결혼식에서 낭독된 이 시는 1911년 《운문과 산문》에 처음 발표되었다.

앙드레 살몽은 그해 7월 13일, 즉 프랑스대혁명 기념일 전야에 결혼식을 올렸다. 이 택일에는 특별한 의도가 있었다. "국경일 전날 결혼식을 갖는다는 것은 가난한 자의 풍요로운 아이디어였다. 공화국이 불을 밝혀 줄 것이며, 오케스트라의 비용을 지불할 것이다. 우리는 거리에서 무도회를 열 수 있을 것이다. 나는 곰곰이 생각한 뒤에 화급히 결정하였다."(앙드레 살몽, 『끝없는 추억 II』) 과연 그의 결혼식 날 프랑스에는 온통 깃발이 내걸렸고, 거리에서는 축제가 벌어졌으며, 아폴리네르는 결혼 축시에 "파리가 깃발로 장식된 것은 내 친구 앙드레 살몽이 여기서 결혼하기 때문"이라고 쓸 수 있었다.

아폴리네르는 이 시에 경탄하는 필립 수포에게, 살몽의 결혼식장으로 가는 합승마차에서, 그것도 친구 달리즈가 계속 말을 걸고 있는 상태에서 자신이 이 축시를 즉흥적으로 썼다고 말한 것으로 전해진다. 그러나 글쓰기와 독서에 관련하여 늘 과장하는 버릇이 있는 아폴리네르의 말을 액면 그대로 받아들이기는 어렵다.

12행. "어느 저주받은 동굴" — 무명 시절의 아폴리네르가 역시 무명 시인인 앙드레 살몽을 자주 만났던 데파르 카페(café de Départ)를 말하는 것이겠지만, 당시 이 카페의 홀은 매우

밝고 편안한 장소였다고 한다. 그러나 문학에 의지를 걸고 있는
젊은이들이 그 가난밖에는 전시할 것이 없는 자리는 어느 자리나
모두 저주받은 동굴일 것이며, 앙드레 살몽 자신의 말을 빌리자면
"위험한 앙가주망"의 동굴일 것이다.

17행. "식탁과 술잔 두 개가 오르페우스의 마지막 시선을……"
── 도취의 술잔이 깨어지는 순간 문학청년들은 문학의 낭만적
신비주의에서 해방된다. 이제 그들에게 오르페우스처럼 이승과
저승을 넘나드는 일은 없을 것이다.

40행. "별들과 행성들 사이 단단한 공간" ── 우주의 공간은
"사랑"으로 가득 채워졌기 때문에 결과적으로 단단하고
충실하다.

「곡마단」

청색시대의 피카소를 연상하게 하지만, 한편으로는
라인란트의 풍정이 배어 있는 시이다.

2연에서 광대패들의 기척에 과일나무들이 "저마다 체념"을
하는 것은 이 떠돌이들이 또한 과일 서리꾼들이기 때문이다.

이 시는 스위스 출신의 소설가이자《메르퀴르 드 프랑스》지의
창립 멤버인 루이 드뮈르에게 헌정되었다. 아폴리네르는 이 잡지의
기고자였으며, 시집『알코올』도 이 잡지사에서 출간되었다.

「가을」

1905년 6월《펜》에 발표된 시. 아폴리네르가 독일의 드 밀오
자작부인의 집에서 그녀의 딸 가브리엘을 위해 가정교사로
일할 당시, 부인의 별장이 있던 베너샤이트의 가을 풍경을 읊은
것으로 추정되는 시이지만, "가난하고 누추한 동네들"(3행)이라는
표현에는 특정한 장소에 국한되지 않는 정서적 울림이 있다.
서정적인 풍경 묘사에 나직한 음조를 결합하여 한 농부가 읊을
법한 소박한 노래를 미메시스하는 이 시는 아폴리네르의 걸작

소품 가운데 하나이다.

　5행의 "깨어진 반지"는 독일 로망파 시인 아이헨도르프의
시 제목(「Das zerbrochene Ringlein」). 한 사내가 사랑하는 여자에게
배반당할 때 그녀에게서 받은 반지가 두 동강 난다는 내용의
시이다. 아폴리네르는 이 깨어진 반지에 상처 입은 "가슴"을
덧붙였다.

「잉걸불」

　1908년 5월 초《질 브라스》에 "화충(Le Pyrée)"이라는 제목으로
산문시 「해몽」, 장 루아예르에 대한 평문과 함께 발표된 시.
아폴리네르는 이 시를 매우 높이 평가하였다. 그는 1915년 7월
30일 마들렌 파제스에게 보낸 편지에서 「약혼 시절」과 더불어 이
시가 "곧바로 접근할 수 있는 시는 아닐망정 나의 가장 훌륭한
시라는 점은 누구도 의심하지 않는다."라고 썼다. 이 시가 발표된
직후인 5월 11일에 친구 투생 뤼카에게 보낸 편지에서도 이
시를 거론하면서 자신이 "동시에 새롭고 인간적인 서정성만을
추구한다."라고 자랑스러운 어조로 말한다. 연구자들은 이 시가
랭보의 『일뤼미나시옹』과 말라르메의 시편들에서 상당한 영향을
받았을 것으로 본다. 이 시와 함께 발표된 평문의 대상이 된
장 루아예르는 신말라르메주의자를 자처하는 시인이자 문학
이론가였다.

　불 또는 불꽃은 아폴리네르의 시에서 특별한 상징성을
지닌다. 그는 미술평론집 『입체파 화가들』에서 불꽃은 현대
조형예술의 세 가지 미덕을 아우르고 있다고 말한다. 불꽃은
모든 것을 불꽃으로 만드는 '순수성', 분리되어도 그 분리된
조각들이 항상 동일한 불꽃이 되는 '통일성', "누구도 부인할 수
없는 그 빛"에 의한 '진리성'을 지니고 있다는 것이다. 「잉걸불」은
이 예술적 사변에 대한 시적 형상화라고 할 만하다. 불에 의한
자기 정화와 존재의 통일, 그리고 끝없는 진리에 대한 갈구는

세 개의 시편으로 되어 있는 이 시의 주제이기도 하다. 불은 아폴리네르에게 절대적으로 명증한 이성일 뿐만 아니라 감정이 가장 높이 고양된 상태인 것이다.

1-5행. 시인은 자신의 과거를 불꽃에 태워 정화한다. 그러나 이 불꽃은 시인 자신의 내적 에너지와 다른 것이 아니며, 시인 자신의 정화 의지와 불꽃의 통일 의지는 구분되지 않는다. 시인은 타는 자이면서 동시에 태우는 자이다.

6-10행. 불은 생명을 지닌 모든 존재의 탄생과 생성과 성장을 관장하여 그것들을 미래에 투사하는 힘이다. "별"은 이 힘의 우주론적 성격을 암시한다.

11-20행. 불꽃은 과거의 타락하였거나 약화된 생명을 정화하여 새로운 "사랑", 새로운 생명으로 소생시킨다. 시인은 자신의 맨몸을 그 불꽃-태양에 내맡긴다. 과거의 불행과 실패한 사랑은 불꽃의 순결한 힘 안에서 새 생명과 새 결실에 대한 전망이 된다. 이 새로운 사랑은 개인적인 동시에 우주적일 것이다.

21-25행. 이 시에서 "너"는 모두 불꽃을 부르는 말이다. 그러나 이 불꽃이 이성적으로 명증한 상태에 이르고 감정적으로 고양된 시인 자신의 정신인 것은 말할 것도 없다. 강이 핀에 꽂혀 있다는 것은 하늘의 총총한 별들이 물에 비쳐 강에 빈틈없이 박아 놓은 금속 핀처럼 보인다는 뜻이다. 이렇게 빈틈없이 별이 박혀 있는 강이 불꽃의 옷을 입은 것처럼 보이는 것은 당연하다. 그리스 신화에서 제우스신의 아들이기도 한 음유시인 암피온은 피리와 리라의 곡조만으로 돌들을 움직여 테베 성을 쌓았다고 한다. 여기서 보통명사처럼 쓰인 "암피온"은 우주적 율려의 힘, 곧 시적 창조력과 다른 것이 아니다. 지상의 불꽃이 하늘의 별과 유연관계를 갖는다는 것은 그 우주적 율려의 힘을 받아들여 공유한다는 뜻이다.

26-42행. 불꽃에 의한 정화 행위의 구체적 과정이 서술된다. 시인은 여기서 하나의 원리를 위해 자기희생을 감수하는

순교자와 동일시될 뿐만 아니라 "환희의 불길"로 끝없이 타오름으로써 그 원리 자체가 된다.

28행. "절단 순교자들(intercis)" ― 이교도들에게 사지가 잘려 죽은 순교자들.

32-33행. "틴다리데스" ― 그리스 신화에서 스파르타의 왕 틴다루스의 아내 레다가 백조로 둔갑한 제우스신과 교합하여 낳은 두 딸, 헬레나와 클리템네스트라. 그녀들은 모두 남편을 배반한 불충한 아내였다. 혈통이 '불순한 가지를 친다(forligner)'는 것은 핏줄이 대를 물리면서 약화되거나 그 순수성을 잃는다는 뜻. 시인은 자신의 순수한 자질이 일상의 현실에서 타락하고 부정을 탔다고 생각하고 있다. 따라서 그는 정화되어야 한다.

34-35행. 백조는 죽음에 임해 마지막 한 번 노래를 부른다는 전설이 있다. 죽음과도 같은 자기정화의 모험에 투신하지 않는 자는 끝내 노래를 부를 수 없는 뱀의 처지를 벗어나지 못한다. 아폴리네르에게서 자기정화는 시적 창조에 대한 실천으로 이어진다.

37-38행. "대양"은 불꽃에 의해 통합된 세계에 대한 다른 표현. 시인은 불꽃에 의한 자유정화를 통해 우주적 유연관계를 회복하였다.

41-42행. "화상을 두려워하는" ― 보통 사람들과 새로운 인간으로 태어날 시인 사이에는 아무런 공통점이 없다. 그는, 또는 일반적으로 시인은 다른 차원의 인간이다.

43-67행. 시의 마지막 부분이자 결론부. 불꽃의 정화를 거쳐 새로운 인간으로 태어난 시인이 마침내 만나게 될 세계가 서술된다. 그 세계의 가장 중요한 관심사는 진리에 대한 끝없는 탐구이다.

43-45행. 몇몇 연구자들은 이 새로운 세계의 시상(視像)이 단테의 『신곡』에 나타나는 '천국'과 매우 비슷하다고 말한다.

46행. "나의 여자(mon amie)" ― 시인이 제 안에 지니고 있는,

그러나 시인을 태우는 불꽃을 달리 이르는 말이다. 이 표현은 불꽃이 시인의 여성성임을, 즉 서정성의 근원임을 말해 준다.

48행. "데시라드" — 서인도 제도의 한 섬. 「사랑받지 못한 사내의 노래」의 156-160행 주석 참조.

50행. "벌레 자미르" — 철을 사용하지 않고 성전을 지으라는 신의 명령을 받은 솔로몬은 돌을 녹이는 힘을 지닌 자미르를 이용하여 석제를 다루었다는 전설이 있다.

54-55행. "스핑크스 떼" — 오이디푸스 왕의 전설에서 스핑크스는 지나가는 나그네에게 수수께끼를 제시하고 그 답을 맞히지 못한 불행한 나그네를 잡아먹는다. 이 시에서 스핑크스의 무리는 자신의 생명을 모험에 걸고 새로운 지식을 탐구하려는 시인에게 그 의지의 촉매자로 나타난다. 스핑크스들이 "평생 목자의 노래를" 듣게 된다는 것은 스핑크스 떼의 "목자"인 시인이 그 수수께끼에 응하여 늘 새로운 지식을 창안할 것이라는 뜻이다. 지식은 스핑크스의 먹이가 된다.

60행. "빈 오각형" — 시인 몸이 신비철학자들의 성스런 기호인 오각형별을 비어 있는 형식으로 연출하는 것은 그가 한편으로는 창조력의 높은 단계에 도달하였고, 다른 한편으로는 그의 정화의식이 끝나 그가 순수상태에 이르렀음을 암시한다.

62-65행. "인간이 아닌 배우들 빛 밝은 새로운 짐승들"은 물론 시인들이다. 새로운 창조력을 지닌 이 존재들은 "길들여진 인간들"인 보통 인간들보다 우월하다. 새로운 존재들의 높은 창조력은 그만큼 절대적인 소통력이 되어 찢긴 "대지", 곧 현실의 분열된 지식들을 통합시킬 수 있다.

66-67행. 시인이 스핑크스에게 잡아먹힌다 하더라도 그것이 그의 패배를 나타내는 것은 아니다. 수수께끼의 답을 알아내는 것이 일차적으로 시인의 사명이지만, 풀 수 없는 새로운 수수께끼를 제기하는 것도 사실상 시인의 사명이기 때문이다.

「라인란트」

아폴리네르는 1901년 8월부터 1902년 8월까지 독일의
라인란트에서 드밀호 자작부인의 딸 가브리엘에게 불어를
가르치며 가정교사로 일한다. 한 해를 꼬박 채운 이 독일 체류
기간 동안 아폴리네르의 시작 역량은 괄목할 만한 진전을
이루었으며, 『알코올』에 수록된 상당수의 시가 이 시기에, 또는
이 시기의 경험을 바탕으로 창작된다. 아폴리네르는 그 가운데
아홉 편의 시를 묶어 "라인란트(Rhénanes)"라는 이름 아래
『알코올』에 넣었다. 이 번역 시집에는 「라인 강의 밤」, 「종소리」,
「아낙네들」 등 세 편만 수록한다.

라인 강의 밤

사공이 노래하는 "달빛 아래 일곱 여자"(3행)는 독일의
지방도시 오버베셸의 전설에 등장하는 마녀들로 흔히 로렐라이의
변형으로 해석된다. 이 시에는 바로 이 마녀들로 대표되는
전설적 마법의 세계와 "금발의 처녀들"로 대표되는 현실 세계가
서로 길항한다. 초월적 세계의 환상에 미혹되지 않으면서
동시에 현실에서 그 현실을 뛰어넘는 시적 힘을 발견해 내는
것이 아폴리네르 평생의 과제였다. 마지막 시구에서 도취와
마법의 술잔이 깨어지는 순간은 시인의 시적 창조력이 승리하는
순간이다.

종소리

사랑과 버림받은 여자의 주제를 슬프면서도 흥취 높은 어조로
읊고 있다. 종탑의 종이 사랑의 장면을 엿보고 고자질을 한다는
발상, 속도감 있게 열거되는 이름들, "빵집여자와 그 남편"(11행)
같은 소란스러운 표현은 시의 화자가 몰려 있는 안쓰러운
처지에도 불구하고 읽는 사람에게 미소를 짓게 한다. 호기심이
많으면서도 자유로운 여행객의 시선을 십분 활용한 걸작

소품이다.

아낙네들

라인란트 시골 아낙들의 대화가 주 내용을 이루고 있는 이 시는 아폴리네르가 주창한 '대화시(poème-conversation)'의 초기 형태로 흔히 평가된다. 그러나 『상형시집』의 「월요일 크리스틴 로」 같은 본격적인 대화시가 적어도 형식상으로는 일정한 공간에서 들을 수 있는 대화들을 무작위로 채집하여 어떤 '동시적' 효과를 표현하는 반면, 「아낙네들」은 일정한 서사적 목표를 향해 대화들을 체계적으로 조직하고 있다. "포도밭 집"이라는 분명한 장소에서 시작한 시는 사랑과 죽음의 이야기를 거쳐 "흐릿한 어둠 속"이라는 불확정의 공간에서 끝난다. 아폴리네르의 다른 시에서와 마찬가지로 이 시에서도 인간의 현실은 인간을 넘어선 세계와 맞닿아 있다.

5행. "눈먼 밤꾀꼬리" ― 밤꾀꼬리는 밤에만 우는 특성이 있기 때문에 이 새를 기르는 농가에서는 빛이 들지 않는 새장 속에 새를 가두어 새가 밤낮의 시간과 때로는 계절을 혼동하도록 길들이는 경우가 많았다. 야생의 밤꾀꼬리는 4월에서 6월까지 노래를 부르지만, 길들인 밤꾀꼬리의 노래는 이 시가 쓰인 시기인 12월경에 절정에 달하는 것으로 알려져 있다.

15행. "트라움 양반(Herr Traum)" "조르게 부인(Frau Sorge)" ― 이들 독일어는 각기 '꿈 씨'과 '근심 부인'이라고 옮길 수도 있겠다. 밤에 자리에 누운 사람은 잠이 들어 꿈을 꿀 수도 있고 근심으로 전전긍긍할 수도 있다.

36행. "흐릿한 어둠" ― 꺼져 가는 난롯불이 아직 남아 있는 어둠이지만, 또한 모든 것의 경계와 외곽을 지워 버리는 어둠. 이 불확정의 어둠 속에서 각기 다른 운명이 인간들을 기다린다.

「사냥의 뿔나팔」

아폴리네르는 이 시에 대해 "「사냥의 뿔나팔」도 「변두리」,
「미라보 다리」, 「마리」와 마찬가지로 가슴 찢어지는 추억을
기념하며……"라고 1915년 7월 30일, 마들렌 파제스에게 써
보냈다. 이 "가슴 찢어지는 추억"은 물론 마리 로랑생과 관련된다.
두 사람의 관계는 1912년 6월 이후 돌이킬 수 없을 정도로
악화되었다.

2행. "어느 폭군의 가면처럼" — 가면을 쓴 이 폭군은 결코
얼굴을 보여 주지 않는 '운명'이다. 한편 고대 그리스의 비극에서
등장인물들은 모두 가면을 썼다.

3-5행. 바꾸어 말하면, '우리의 사랑을 비장하게 만드는 것은
아슬아슬하고 극적인 줄거리나 자질구레한 사연이 아니다.' 그
사랑의 비장함은 인간의 힘으로는 어쩔 수 없는 운명 그 자체에
있다.

6-8행. 토머스 드퀸시(1785-1859)는 『어느 영국 아편쟁이의
고백』으로 프랑스의 상징주의자들에게 크게 영향을 미친 영국
작가. 이 일인칭 고백 소설에서 주인공은 운명의 장난으로
다시는 만날 수 없게 된 애인, 청순한 창녀 안을 잊지 못해
아편을 복용하고 몽상에 잠겨 살아간다. 시의 2연은 접속사
"그리하여(Et)"로 시작하지만, 1연과 2연 사이에 직접적인
인과관계는 없다.

9-10행. 전도서의 "이 또한 지나가리라"를 원용한 "가자 가자
모든 것이 지나가기에"는 아폴리네르의 대처 방법을 말하는
것이지만, 이 방법이 크게 효과가 없다는 것은 다음 시구 "나는
자주 뒤돌아보리라"에서 드러난다. 시인이 "자주"라고 말하게
되는 것은 고통스러운 추억이 자주 되살아나기 때문이다.
그러나 '뒤돌아보기'는 과거를 정면으로 바라보기이며, 시인은
이 바라보기를 통해 오르페우스의 신화에서처럼 고통스러운
추억을 어둠 속으로 사라지게 할 수 있다. 저 "고귀하고 비극적"인

"우리의 이야기"는 바로 이 응시로 완성된다.

11-12행. "추억은 사냥의 뿔나팔" ― "사냥의 뿔나팔"이 짐승을 사지로 몰아붙이듯, 추억은 사랑에 상심한 시인을 고통 속에 몰아붙인다. 그러나 추억이 더욱 고통스러운 것은 그 속에 잠기려 할 때 어느덧 사라지고 만다는 것이다. 시인은 뒤돌아 추억을 바라봄으로써 고통스런 추억을 잊으려 하면서도 한편으로는 사라지는 추억에 대한 안타까움을 완전히 버리지 못한다.

「포도월」

이 장시는 1912년 11월 《파리의 야회》에 처음 발표되었다. 시인이 1915년 7월 30일 마들렌 파제스에게 보낸 편지에서 "……아무래도 내가 더 좋아하는 시"라고 평가했던 「포도월」은 그의 시 가운데 처음부터 구두점이 없이 쓰인 최초의 시이다.

제목 '포도월'은 프랑스대혁명기에 제정되어 사용된 공화력에서 한 해를 시작하는 첫 번째 달로 현재의 달력으로는 9월 하순에서 10월 하순까지 포도 수확기의 한 달이 이에 해당한다. 공화력의 달 이름을 제목으로 삼은 이 시는 20세기 초 프랑스의 문학운동 가운데 하나였던 일체주의(unanimisme)와 상당한 관계가 있는 것으로 알려져 있다. 일체주의를, 그 운동의 선두에 있던 쥘 로맹은 이렇게 정의한다. "한 덩어리가 된 공동체의 생명을 표현하는 것일 뿐이다. 우리에게는 우리를 하나로 묶고 우리를 넘어서는 그 생명에 대한 느낌이 있다." 하인리히 바르죙, 피에르 장 주브, 쥘 로맹을 비롯한 일군의 시인들, 화가들, 음악가들, 인쇄공들이 1906년 '승원'이라고 불리는 한 집에 모여 예술적 공동생활의 모델을 세우려고 기획했다. 그들의 '승원'은 곧 해산되었지만, 사회의 상부구조와 하부구조를 망라하여 그 전체를 하나의 거대한 존재로 직관하려 했던 이 운동은 20세기 초의 사회 시와 대하소설의 발흥에 크게

영향을 미쳤다. 아폴리네르는 쥘 로맹의 권고에 따라 공화력의
달 이름을 제목으로 열두 편의 시를 쓸 작정이었지만, 이 계획은
두 편의 시 「포도월」과 「행렬」(아폴리네르가 이 시에 붙이려던 몇
개의 제목 가운데 하나는 '안개월'이었다.)을 쓰는 것으로 끝났다.
시 「포도월」에서, 프랑스와 유럽의 여러 다른 지역에서 생산되는
포도주를 두루 마시고 그 다양한 문화와 역사와 생활을 자기
안에 동화하는 화자 시인의 존재는 일체파들이 직관했다는 저
'거대한 존재'와 크게 다른 것이 아니다.

2행. "나는 왕들이 죽어 가는 시대에 살았더란다" ―
무정부주의자들에 의해 1900년 이탈리아의 왕 움베르토 1세가,
1908년 포르투갈의 왕 카를로스가 살해된 바 있다.

4행. "세 곱절 용맹한 자들은 삼장거인(三丈巨人)이 되었더라" ―
"삼장거인"으로 번역한 프랑스어 'trismégiste'는 '세 곱절 위대한
존재'라는 뜻으로 원래 이집트의 신 토트를 가리키는 말이었다.
모든 기예와 학문의 창시자이며, 수많은 비의 문서의 저자로
숭상을 받은 지혜의 신 토트는 그리스의 신 헤르메스와 대응한다.
"세 곱절 용맹한 자들"이 누구를 가리키는지는 불분명하다. 이
시의 초고에서는 이 말이 무정부주의자들과 연결되어 있지만,
완성고에서는 '무정부주의자들'이란 낱말이 지워짐으로써 보다
일반적인 뜻을 지니게 되었다. "세 곱절 용맹한 자들"은 어떤
특정한 인간들이기보다는 왕들의 권력이 붕괴된 자리에서
적어도 정신적으로 그들을 대신할 수 있는 위대한 인간들일
것이며, 그 가운데는 시인을 비롯한 예술가들이 포함될 것이다.
사실 이 시 「포도월」은 화자 시인이 유럽의 모든 문화와 역사,
생활과 원기를 동화하여 "삼장거인"으로 탄생하는 과정을
기술하고 있다.

11행. 아폴리네르는 1909년 10월 오퇴유로 거처를 옮겼다.

17행. 여기서 "나"는 파리.

32행. "유연한 이성"은 신비 세계를 이해할 수 있는 이성.

브르타뉴 지방에 살던 켈트족의 신비주의적 상상력은 중세 기사도 로망의 발생에 결정적인 역할을 했다.

33행. "이 기품 높은 기사도 사랑의 신비" — 무엇보다도 트리스탄과 이졸데의 숙명적인 사랑에 담긴 신비.

36행. "이중의 이성"은 파리로 대표되는 현실 세계의 논리와 브르타뉴 기사도 로망으로 대표되는 신비 세계의 논리를 동시에 이해할 수 있는 이성.

37-38행. "한 파도 한 파도 바다가 야금야금" — 남성의 성기처럼 바다를 향해 뻗어 있는 브르타뉴의 해안을 여성적인 대양의 파도가 침식하듯, 브르타뉴의 "유연한" 이성, 곧 여성적 이성은 대륙의 남성적 이성을 서서히 점령한다.

44행. "기계 익시온" — 익시온은 그리스 신화에서 라피타이의 왕이었던 인물로, 신들의 연회에 참석하여 제우스의 아내 헤라를 유혹하려 하였다. 이를 괘씸하게 여긴 제우스가 구름으로 헤라의 형상을 만들어 익시온을 속였다. 익시온은 그 구름을 간음하여 켄타우로스를 낳게 하였다. 제우스는 불경한 익시온을 벌하기 위해 그를 지옥에 내려보내 영원히 멈추지 않는 수레바퀴에 매달았다. 아폴리네르가 보기에, 익시온은 현대 산업사회의 공장 굴뚝처럼 "구름을 임신"시켜 인간의 상상 속에 존재하던 것을 현실화했다는 점에서, 그리고 그 자신이 영원히 돌아가는 바퀴에 매달려 기계장치와 일체가 되었다는 점에서 이중으로 "기계"이다.

50-51행. 리옹은 프랑스 견직 산업의 중심지이며, 이 도시의 푸르비에르 언덕에 자리 잡은 노트르담 대성당은 순례교인들이 기도를 하기 위해 모이는 곳이다. "기도의 명주실로 새로운 하늘을" 짠다는 표현은 이 도시의 종교와 산업을 한데 결합한 이미지이다.

한편 리옹은 종교적, 정치적으로 수많은 유혈 사태가 일어났던 곳이다. 로마 황제 마르쿠스 아우렐리우스의 치세인 177년, 리옹의 첫 주교이자 갈리아 첫 주교인 성자 포탱(Sainte Pothin)이

다른 신도들과 함께 푸르비에르 언덕에서 순교했고, 16세기에는 극심한 종교 분쟁이 특히 이 도시에서 많은 피를 흘리게 했으며, 1894년에는 프랑스의 대통령 사디 카르노(Sadi Carnot)가 이탈리아의 무정부주의자 카세리오(Caserio)에 의해 이 도시에서 암살되었다. 이어지는 시구는 이들 유혈 사태와 포도주 마시기를 동일한 이미지로 묶고 있다.

54-55행. "그의 부활하는 죽음에 드리는 동일한 예배" ― 신도들이 예수의 피와 살을 함께 나누기 위해 축성된 포도주와 빵을 먹는 가톨릭의 성찬식을 암시하는 표현. 이 시에서 유럽의 모든 포도주로 차례차례 또는 동시에 마시면서 이루어지는 거대한 시인의 존재는 이 성찬식의 상상력과 무관하지 않다. 시인의 포도주 마시기도 한 종교의 교리를 떠나 종적으로 역사와 문화전통을, 횡적으로 다양한 공간에서 이루어지는 인간의 삶을 하나의 혈맥으로 통합한다는 점에서 구조적으로 성찬식과 동일한 예배 행위인 것이다. 특히 다음 행의 시구 "여기서는 성자들의 사지를 갈라 핏비를 내린단다"는 리옹에서 일어났던 여러 종교적, 정치적 유혈 사태들도 모두 한 구원자의 피를 만민이 함께 나누어 마시는 성찬 행위와 "동일한 예배"라는 발상에 터를 두고 있다.

57행. 아폴리네르는 젊은 시절에 몇 달간 리옹에 머문 적이 있다.

60-63행. "고상한 파리여 아직까지 살아/ 우리 기질을 네 운명에 따라 안정시키는 단 하나의 이성이여" ― 남 프랑스의 도시들은 지중해와 프랑스 사이에 있다. 옛날 유럽 문화의 중심지였던 지중해 연안의 아테네나 로마 같은 도시들은 이제 그 선도력을 현대성의 도시 파리에 물려주고 뒷전으로 물러났다. "면병을 가르듯 우리 몸을 너희 둘이 나누라" ― "우리"는 남 프랑스의 도시들, "너희 둘"은 파리와 지중해. 남 프랑스의 도시들은 지중해의 고대적 상상력과 파리의 현대 이성 사이에서

일종의 균형추로 역할하고 있다.

66행. "시칠리아로부터 날아온 끝없는 헐떡임이" —
1908년 12월 시칠리아에서 일어나 수많은 사상자를 낸 지진을
암시하는 시구. 여기서 "헐떡임"이라고 번역한 프랑스어 'râle'는
'뜸부기'라는 뜻도 있다. 이 말이 지닌 두 가지 뜻에 의거해 다음
행의 "날개를 퍼덕이며"라는 표현이 가능해진다.

69행. "죽은 자들의 포도송이" — 지진으로 죽은 사람들의
머리. 일체적 삶의 거대 존재를 구성하는 요소들 가운데
재난과 그 불행도 포함된다.

76행. "미래와 삶이 이 포도넝쿨 속에서 번민한다" — 미래의
삶, 다시 말해서 모든 삶을 포괄하는 거대 존재의 삶은 이
고통까지 끌어안아야 성립될 수 있다.

77행. "그런데 세이레네스들의 빛나는 시선은 어디에 있는가"
— 시인은 시칠리아의 피의 포도주를 노래하던 끝에 지나가는
말처럼 세이레네스에 대해서 언급한다. 77행에서 91행까지의
시구들은 세이레네스로 표현되는 문학적 매혹, 즉 시인을 죽음과
불모의 공상으로 이끄는 나쁜 문학의 불길한 매혹이, 포도주
마시기로 표현되는 거대 생명의 발견으로 이제 극복되고 있음을
뜻한다.

80행. "스킬라의 암초 위에 시선은 이제 떠돌지 않으리라"
— 스킬라는 그리스 신화에서 카리브디스와 더불어 가장
위험한 바다의 괴물. 신화학자들은 카리브디스가 시칠리아와
이탈리아 반도를 가르는 메시나 해협의 소용돌이를, 스킬라는
그 해협의 암초를 의인화한 것으로 해석한다. 아폴리네르가
"스킬라의 암초"라는 표현을 쓸 수 있었던 것은 이 때문이다. 시
「포도월」에서 시인은 이 위험한 해협을 건너서 자신의 탄생지인
로마로 가게 된다.

84행. "너희들은 가면 쓴 얼굴의 가면일 뿐이로다" — 해협의
물결에 일어나는 잦은 변화와 마찬가지로 인생에서 일어나는

온갖 우여곡절도 아폴리네르가 이 시에서 "우주적 주정의 노래"로 표현하려는 거대 존재의 생명에 비하면 단편적이고 일시적인 현상에 불과하다.

85행. "해안에서 해안으로 헤엄치는 젊은이 그가 미소를 지으니"— 이 젊은이는 이제 시칠리아에서 이탈리아 반도로 건너가는 시인 그 자신이다. 그가 일으키는 "새 물결"은 세이레네스의 노래에, 다시 말해서 문학의 나쁜 영향에 미혹되었던 "익사자들"에게 새로운 전망을 제시한다.

89행. "해안의 단구에 눕혀진 그녀들의 창백한 남편들"— 세이레네스의 노래에 매혹되어 익사한 선원들의 시체가 해안에 떠밀려 와 있다. 세이레네스들은 자신들이 부르는 미혹의 노래가 힘을 잃었음을 알고 그녀들 자신이 물에 빠져 자살한다. 그리스 신화에서도 세이레네스들은 아르고스 원정대가 지나갈 때 그 대원들 가운데 한 사람인 오르페우스와의 노래 시합에 패배한 후 물에 빠져 자살한다.

97행. "사랑이 숙명을 인도하는 저 하늘을 저주하였도다"— '사랑'이 사물의 질서와 인간의 운명을 지배하는 근본 동력이라는 생각은 기독교적 관점에서 볼 때 이교적 사상이다. 아폴리네르가 한때 사랑을 우주 창조와 운행의 제일원리로 여겼다는 것은 「앙드레 살몽의 결혼식에서 읊은 시」에서도 알 수 있다. 그러나 시 「포도월」에서 로마 교회의 목소리를 전하는 98행에서 104행까지의 시구들은 아폴리네르가 한때 경도했던 사상을 버리고 기독교로 다시 복귀하였다는 것을 뜻하지는 않는다. 그는 이제 자신이 전망하는 거대 생명의 존재 속에 기독교적 상상력까지 포함시키려 하고 있을 뿐이다.

102행. "또 하나의 식물의 자유에 정통하신"— 예수는 들꽃이 "수고도 하지 않고 길쌈도 하지 않으면서" 솔로몬보다 더 화려하게 옷을 차려입었다고 말했다.(「마태복음」 6장 28-29절) 성체 교리에 따라 예수의 피로 축성된 포도주 속에는 그가

설파한 이 '식물의 자유'가 녹아 있다.

104행. "삼중관 하나가 포석 위에 떨어졌다" ― 삼중관은
가톨릭의 교황이 그 권위를 나타내기 위해 종교 행사에서
쓰는 관이다. 일부 주석자들은 이 구절이 세 개의 관으로
이루어진 삼중관에서 한 개의 관이 떨어졌다는 말로 이해하여,
바티칸으로부터 독립하려는 프랑스 교회의 분리 운동을
암시하는 것이라고 해석한다. 그러나 아폴리네르는 또 하나의
'삼중관'에 대해 알고 있었다. 1896년 프랑스의 루브르 박물관은
고대 그리스의 도시국가 올비아의 왕 사이타파르네스가 썼던
관이라는 삼중관 하나를 매입하여 전시했다. 그러나 1903년
이 삼중관이 러시아의 한 공인에 의해 1895년에 만들어진
위작임으로 밝혀지자 박물관은 전시실에서 이 관을 서둘러
철거했다. 아폴리네르는 그의 평문 「위작에 대하여」에서 현대의
'걸작'인 이 삼중관이 부당한 대우를 받고 있다고 항의하며,
작품은 작품으로 평가를 받아야 한다고 주장했다. 그는 박물관의
처사에서 예술품에 대한 인습적 사고에 얽매어 작품이 지닌 실제
가치를 인정하려 하지 않는 반민주적 행태를 본 것이다.

107-112행. 시인은 반민주적 반동세력이 발호하게 될 조짐을
묵시록적 분위기와 문체로 쓰고 있다. 성경의 요한계시록은
양의 탈을 쓴 악마들이 천 년을 득세한 후 착한 기독교도들의
천년왕국이 도래할 것을 암시한다. 그러나 시인은 이 반동적인
세력까지 거대 생명의 한 지류로(물론 왜곡된 지류로) 이해한다.

125행. "네 안에서 신이 생성진화할 수 있기에" ― 여기서
'너'는 인류 지성의 중심이며 예술의 도시인 파리. 르낭의『철학
대화』에서 신은 완성된 절대 존재가 아니라 인류의 정신적,
윤리적 발전의 정점에서 실현되는 존재이다. 파리의 지성은
그 정점에 가장 가까이 다가가 있다. 뿐만 아니라 적어도
아폴리네르의 새로운 예술관에 따르면, 파리의 예술가들은 신의
창조 행위를 이제 자신들의 예술 활동으로 대신한다.

129행. "네가 현실임을 알지 못하고 너의 영광을 노래한단다" ─ 시인이 보기에 파리는 북구의 주민들이 꿈에 그리던 영광을 벌써 실현하였다. 이 시구는 독일 사상의 관념성과 프랑스 사상의 현장성을 암시하기도 한다.

146행. "내 두개골 속에서 하나로 합치는 저 모든 꿋꿋한 고인들" ─ 한 인간의 자아란 역사적으로 존재했던 모든 인간들의 총합이라는 생각은 시 「행렬」의 주제이기도 하다.

164행. "너희들끼리 서로 닮고 우리를 닮은 세계들이여" ─ 보들레르의 『악의 꽃』을 통해 유명해진 '만물조응(correspondances)'의 개념을 일체적 거대 존재에 적용한 시구.

171행. "내 우주적 주정의 노래" ─ 취기 속에서 '나'의 자아가 사라지고, 그 대신 '나'를 통하여 천지 합일된 자아인 우주가 부르는 노래.

「생메리의 악사」

1914년 2월에 처음 발표된 작품. '초자연주의'의 미학적 개념을 이 시보다 더 적절하게 구현한 예를 찾기는 매우 어려울 것이다. 시는 하멜른의 피리 부는 사나이의 전설을 원용하여 현실이 지닌 신화적 비전을 형상화하면서 다른 한편에서는 현실 그 자체를 생생하게 묘사하여, 현실의 일상적인 얼굴과 현실의 다른 얼굴이 장난처럼 겹쳐 나타난다. "눈도 코도 귀도 없는 한 사내"는 물론 시인의 다른 자아다.

8행. "1913년 5월 21일"에 생메리에 특별한 일이 일어났던 것은 아니라고 한다.

14행. "아리아드네"는 그리스 신화에서 테세우스가 미노타우로스를 처치할 때 실 꾸러미를 주어 미로 밖으로 빠져나올 수 있게 한 여자이지만, 근대시에서는 늘 새로운 길을 찾는 모험의 안내자로 나온다.

33-43행. 같은 시간에 여러 장소에서 일어나는 사건들의 제시는 아폴리네르의 동시성의 미학과 연결된다.

「넥타이와 시계」

1914년 여름에 처음 발표된 이 상형시는 두 개의 그림, '회중시계'와 '넥타이'로 이루어져 있다. '넥타이'의 텍스트는 넥타이로 표시되는 문명의 억압을 말하고 그로부터의 해방을 권고한다. "그대가 메고 있고 그대를 장식하는 고통스러운 넥타이오 문명인이여 편하게 숨 쉬고 싶거든 벗어 버려라." '시계'의 텍스트는 그보다 훨씬 복잡하다. 그것은 시계의 용두와 시곗줄, 문자판과 두 바늘로 되어 있으며, 특히 문자판의 숫자들은 각기 삶의 한 국면을 표시한다.

"내 심장"은 하나이니 1, "눈"은 둘이니 2, "아이"는 두 사람이 만나 낳은 또 한 사람이니 3을 차지한다. 4시를 나타내는 "Agla(아글라)"는 "주여 당신은 영원하고 강하십니다."라는 뜻의 히브리어 *"Atah guibor leolam Adonal"*을 네 글자로 줄인 약자. 5의 자리는 다섯 손가락을 가진 "손". 여섯 개의 철자로 6을 나타내는 "Tirsis(티르시스)"는 멀리는 베르길리우스의 시에, 가까이는 베를렌의 시에 나오는 목가적 사랑의 주인공 이름이지만, "여섯 발을 쏴라."란 뜻의 "Tire six"와 "섹스를 쏴라."란 뜻의 "Tire sex"가 겹쳐진 말. "일주일"은 7일이며, 무한대의 기호인 '∞'을 다시 일으켜 세우면 8이 된다. "뮤즈들"은 아홉 명이 한 조이기에 9이다. 여자의 육체에도 아홉 개의 구멍이 있으며, 예술과 성애로 열리는 그 아홉 문은 다른 세계로 나가는 길목이다. 로마숫자에서 10을 나타내는 X는 또한 방정식에서 미지수를 표시하는 기호이기에 10은 "미지의 미남"과 연결된다. 이 "미지의 미남"은 죽음의 신에 대한 은유이다. 이어서 열한 음절이라는 이유로 11시의 자리를 맡는 "단테의 시구"는 저승의 세계를 노래하는 『신곡(神曲)』의 열한 음절 시구를 말한다. 또한 "시구"를

뜻하는 불어 "vers"는 "구더기들"을 말하는 "vers"와 동철동음의
낱말이다. 이 때문에 "빛나는 송장 시구"는 "시체를 파먹는 하얀
구더기들"이기도 하다. 이 죽음과 삶의 열두 개 시간들이 합쳐서
12시의 숫자 12가 된다.

「비가 내린다」

시구를 사선으로 배열하여 비 내리는 풍경을 그린 이 상형시는
1916년에 처음 발표되었으나 1차 세계대전 발발 직전인 1914년
7월 도빌 해안에서 초안이 만들어졌다. 과거의 시간을 현재로
잇는 추억의 흐름을 하늘에서 땅으로 내리는 비의 시상(視像)으로
상형하고 빗소리로 그 배음을 삼았다.

「칼 맞은 비둘기와 분수」

1차 세계대전이 발발한 후 지원 입대하여 포병대에서
신병으로 근무하던 시인은 신문기자이자 삽화가인 앙드레
루베르가 그려 보내 준 비둘기 그림을 보고 이 상형시를
썼다. 전통적인 'ubi sunt'(어디 있는가)의 주제를 현대적으로
변형한 틀 속에, 전쟁으로 헤어진 친구들과 다시 떠오르는 옛
여자들의 이름을 슬픈 어조로 열거하고 있다. 앞의 시 「비가
내린다」에서와는 달리 추억은 땅에서 하늘로 솟아오른다.

「우편엽서」

1915년 8월 20일 앙드레 루베르에게 보내는 엽서를 바탕으로
작성한 상형시. 무료 군사우편 엽서의 틀 위에 병사들 간에 일상
소식을 전하는 형식의 이 상형시는 입체파 미술의 콜라주 형식이
폭넓게 사용되고 있다. 중간에 'LUL'은 남자의 성기를 뜻하는
말로 그 위에 쓴 전언에 대한 서명으로 구실한다. 이 서명과
그 아래쪽의 호전적인 짧은 문장은 다른 색 잉크로 적혀 있어
나중에 첨가된 것으로 짐작된다. 소인 옆에 적힌 "수취인 불명

시엔 투명한 길"은 수취인이 이미 사망했거나 실종됐을 때는 태워 버리라는 뜻이다.

「전출」

제목 「전출」의 원제 'Mutation'은 변화, 변동 등을 뜻하지만, 군대에서 병사의 소속 변동, 한 부대에서 다른 부대로의 전출을 뜻하기도 한다. 이 시는 전출 명령을 받은 병사가 차를 타고 다른 부대로 이동하는 중에 빠르게 스쳐 지나가는 외부 풍경을 보면서 자신의 변화에 잠시 당황하는 정황을 병영에서 부르는 희극조의 가락에 담고 있다. 마지막 구절의 "사랑만 남겨 놓고"에는 사랑의 성실성보다 여자를 만날 수 없는 곳에서 살아야 하는 병사의 원한 섞인 장난기가 더 많이 들어 있다.

「맛의 부채」

『상형시집』에 처음 발표된 이 상형시는 그림의 측면에서 볼 때, 우선 한 마리의 새이다. 꼭대기의 "브라우닝……"은 새의 도가머리에, "태양의 빙하들……"은 머리에, "내 맛의 카펫……"은 등과 꼬리에, 맨 아래쪽의 "들어라 들어라……"는 배와 발에 각기 해당하며, 새의 목과 가슴살을 나타내는 "1마리 아주 작은 새……"는 바로 이 새의 수준에서 이 그림을 정의하면서, 이와 아울러 이 새의 특별한 성격을 소개한다. 그런데 이 새의 각 부위는 제목이 말하는 것처럼 여러 가지 맛을 "부채"처럼 진열하고 있다. 시인은 지금 싸움터에서, "환초"가 섬을 에워싼 것처럼 총구가 생명을 에워싼 곳에서 위태로운 "삶의 맛"을 강하게 느끼지 않을 수 없는 순간에 있다. 그 온몸으로 이 맛을 펼치고 있는 새는 "꼬리가 없으나" 그 꼬리를 "하나 달아 주면", 즉 그 맛을 지금 느끼고 있는 시인에게 어떤 타격이 주어지면 허무하게 날아가 버릴 것이다.

시는 또한 입체파 회화에서와 같은 방식으로 한 여자의

얼굴을 그리고 있다. 위의 권총 부분은 여자의 이마에 늘어진
머리칼을 닮았으며, "태양의 빙하들 속 여러 색깔 호수들"은
그림으로도 텍스트의 의미로도 바로 눈을 묘사하며,
"1마리……"는 그 코에, "내 맛의 카펫……"은 그 귀에, "들어라
들어라……"는 입술에 각기 해당한다. 텍스트는 이 여자
얼굴과 관련하여 어떤 성적 관심을 드러낸다. 입술에 해당하는
부분이 귀의 기능과 관련된 언술을 담고 있는 반면, 귀 부분의
텍스트는 입술을 언급하고 있을 뿐만 아니라 입 맞추는
사람이 그 입술에서 느낄 수 있을 "맛"에 관해 말하고 있다.
그림으로도 그것은 입술을 닮았다. 이 입술과 귀는 귀와 입술이,
입술과 입술이 포개져 있음을 드러낸다. 코 부분의 텍스트는
더 직접적이다. 여자인 이 "1마리의 새"는 "꼬리"가 없지만
그것을 달아 주면 성적 환상 속으로 "날아간다". 이 관점에서는
"브라우닝 권총"이 성기의 암시라면, 입술의 텍스트는 그 성적
흥분 속에서 지르게 되는 "비명"의 가치를 지닌다. 전쟁은 그
자체가 거대하고 압도적인 성행위의 일종이며, 한 사람의 생명의
"맛"은 그 성적 환상으로 팽창된다.

  그러나 이 상형시는 또한 그 전장의 한 풍경을 나타낸다.
"브라우닝 권총"은 모든 전투 무기의 제유이며, "여러 색깔의
호수들"을 품고 있는 "태양 빙하들"은 하늘의 호수를 쪼개며
화려하게 폭발하는 포탄이다. "1마리 아주 작은 새"는 날아가고
있는 탄환이다. 탄환에는 "꼬리"가 없지만, 텍스트 마지막 부분의
뇌관(?)을 격발장치가 "꼬리"가 되어 때리면 "날아간다". "내
맛의 카펫"은 그 탄환의 탄도이다. 탄환은 "하늘(빛)" 위로, "네
입술"의 푸른 "숨결" 같은 "알 수 없는 소리의 계절풍"이 되어,
마술의 "카펫"처럼 곡선을 그리며 날아간다. 맨 아래 그림은
양편에 둑이 있고, 그 사이에 통로가 있는 참호를 보여 준다.
병사들은 "비명"을 지르고 "발자국 소리"를 내며 이 참호 속에
뛰어든다. 그 소리들은 시시로 반복되는 소리이기에 "축음기

소리"에 비유된다. "알로에 터지는 소리"가 포탄의 폭발음이라면, "작은 풀피리 소리"는 그 포탄의 비행음과 같다.

상형시 「맛의 부채」는 펼칠 때마다 색깔이 변하는 마술사의 부채처럼, 그 흩어져 있는 텍스트들과 그림들에 대한 종합이 시도될 때마다 항상 다른 그림을 펼쳐 낸다. 이 변덕스런 그림을 통해 한 사람이 느끼는 죽음의 위협은 성적 욕망의 동력을 타고 처절한 살육전의 광기로 팽창되고, 전쟁의 우주적 동요는 그에 맞먹는 거대한 성적 흥분 상태를 거쳐 죽음의 위기 앞에 놓인 한 시인의 생명감 속에 집약한다. 그러나 그 층위들의 관계는 시작과 끝을 보여 주지 않은 채 복잡하게 엇물려 있다.

「새 한 마리 노래한다」

이 시는 1915년 10월 중순 마들렌 파제스에게 보냈던 시를 다시 정리한 것이다. 마들렌 파제스는 아폴리네르가 휴가 중 귀대하는 기차간에서 만났던 대학생으로 나중에 시인의 약혼녀가 된다. 새가 병사들의 마음속에 들어와 노래하고, 하늘과 숲과 장미가 그 노래 따라 그 마음과 조응한다는 생각은 이 시가 연시이기 때문이기도 하고, 시인을 비롯한 병사들이 지평선의 색과 같은 청회색(bleu horizon) 군복을 입고 있기 때문이기도 하다. 그러나 이 목가적인 노래는 전선을 뒤덮은 비극적인 총성으로 바뀐다.

「빨강머리 예쁜 여자」

1918년 3월에 처음 발표된 이 시는 아폴리네르의 예술가적 생애의 결론이자 그 유언과 같다. "빨강머리 예쁜 여자"는 두 달 후에 결혼하여 그의 아내가 될 자크린 콜브를 가리킨다. 그녀에 대한 사랑을 통해 다시 얻게 된 평온한 마음은 전위적 모험으로 성취할 미래의 승리에 대한 명증하고 확고한 신뢰로 이어지지만 거기에는 겸허하면서도 통절한 자기 성찰이 곁들여 있다.

14행. "질서와 모험의 싸움"은 아폴리네르에게 그 생애를 바쳐 수행해야 할 전투였으며, 그는 '모험' 편의 첨병이었다.

33행. "불타는 이성"은 질서에 대한 차분한 성찰과 모험의 뜨거운 열정이 결합된 이성이며, 그것은 불꽃같은 빨강머리의 여인 자크린 콜브로 상징된다. 이 시론으로서의 시는 아름다운 연시이기도 하다.

「신호탄」

1917년 4월에 처음 발표된 작품. 당시 아폴리네르는 전쟁터에서 머리에 입은 상처를 수술하고 막 퇴원한 상태였다. 시에 "겨울보다 더 하얀 간호사"(11행)가 언급되는 것도 그와 관련이 있다.

2행에 나오는 지명 갈베스톤은 옛날 애인 애니 플레이든에 관해 쓴 『알코올』의 시 「아니」에서도 읽을 수 있다. 이 시도 전장의 한 길목에서 옛 애인을 생각하며 쓴 시로 짐작된다.

필립 수포는 그의 소책자 『기욤 아폴리네르 또는 화재의 불빛』(1926)에서 7-9행의 다음 시구,

> 너의 혀
> 네 목소리의 어항 속 붉은
> 물고기

를 인용하고, "나는 이 시구를 되풀이해 읽고 갑자기 어떤 것, 어떤 강력한 것이 내 안에서 일어선 것을 알았으며, 그것이 오랫동안 (거의 십 년 동안) 나를 지탱하게 된다."라고 썼다.

「도시와 심장」

이 시는 1901년, 시인이 스물한 살 때 한 잡지에 발표했던 시로 그의 사후에 발견되었다. 이 시를 발표할 무렵 아폴리네르는

파리의 중산계층에 진입할 수도 없었고, 아직 써야 할 시의
향방을 잡지도 못했다.

「식사」

1914년 7월, 한 잡지에 '허접한 것들'이라는 제목 아래 발표된
일련의 시편들 가운데 하나이다. 아폴리네르의 인기가 높아지고
있을 때, 그의 친구인 아르덴고 소피치가 그의 미발표 파치
작품들을 모아 그의 동의 아래 이 제목으로 발표하였다.

「길모퉁이」

시인이 스무 살 무렵에 썼을 것으로 추정되는 미발표 시편.
아폴리네르는 젊은 시절 한때 무정부주의자였다.

「내 어린 날을 떠올린다」

아폴리네르가 필립 수포에게 건네 주었던 미발표 작품. 시의
상징주의적 기법과 정형의 각운은 이 시의 초안이 젊은 날에
만들어졌음을 말해 준다. 제목이 없는 시여서 첫 줄을 제목으로
삼았다.

「모든 댕고트에게 그리고 모든 댕고에게」

'댕고(dingo)'는 '미친 사람' 즉 '또라이'에 가까운 말이며,
'댕고트(dingote)'는 그 여성형이다. 1차 세계대전 발발 후 파리에
'댕고 클럽'이라는 사교 클럽이 생겼다. 이 클럽이 1918년 1월
전쟁 부상병 위로 행사를 열고 아폴리네르를 초대하자, 시인은
참석이 불가함을 알리는 답신으로 이 장난 시를 보냈다.
   시는 '댕고'와 '댕고트'를 둘러싼 말장난의 각운으로
이루어져 있다. 이 말장난에 동원된 단어들은 일부러 번역하지
않았다. '리고트(ligote)'는 '묶어 둔다'는 뜻, '파고(fagot)'는
'장작더미'(필경 화형대에 사용할), '투드고(tout de go)'는 '대뜸,

거침없이', '라비고트(ravigotte)'는 '원기를 회복하다', '생 라고'는
'나자로 성자', '르댕고트(redingote)'는 '프록코트', '아르고(argot)'는
'은어', '팡튀르고트(Pantrugotte)'는 가상의 지명, '지고(gigot)'는
'넓적다리고기', '베르티고(vertigot)'는 '환상, 변덕'을 뜻하는
말이다.

세계시인선 19   사랑받지 못한 사내의 노래

1판 1쇄 펴냄 2016년 10월 15일
1판 2쇄 펴냄 2020년 11월 23일

지은이   기욤 아폴리네르
옮긴이   황현산
발행인   박근섭, 박상준
펴낸곳   (주)민음사

출판등록   1966. 5. 19. (제16-490호)
주소   서울시 강남구 도산대로1길 62
           강남출판문화센터 5층 (06027)
대표전화   02-515-2000   팩시밀리 02-515-2007

www.minumsa.com

ⓒ 황현산, 2016. Printed in Seoul, Korea

ISBN 978-89-374-7519-1 (04800)
      978-89-374-7500-9 (세트)

세계시인선 목록

1	카르페 디엠	호라티우스 l 김남우 옮김
2	소박함의 지혜	호라티우스 l 김남우 옮김
3	욥의 노래	김동훈 옮김
4	유언의 노래	프랑수아 비용 l 김준현 옮김
5	꽃잎	김수영 l 이영준 엮음
6	애너벨 리	에드거 앨런 포 l 김경주 옮김
7	악의 꽃	샤를 보들레르 l 황현산 옮김
8	지옥에서 보낸 한철	아르튀르 랭보 l 김현 옮김
9	목신의 오후	스테판 말라르메 l 김화영 옮김
10	별 헤는 밤	윤동주 l 이남호 엮음
11	고독은 잴 수 없는 것	에밀리 디킨슨 l 강은교 옮김
12	사랑은 지옥에서 온 개	찰스 부코스키 l 황소연 옮김
13	검은 토요일에 부르는 노래	베르톨트 브레히트 l 박찬일 옮김
14	거물들의 춤	어니스트 헤밍웨이 l 황소연 옮김
15	사슴	백석 l 안도현 엮음
16	위대한 작가가 되는 법	찰스 부코스키 l 황소연 옮김
17	황무지	T. S. 엘리엇 l 황동규 옮김
18	움직이는 말, 머무르는 몸	이브 본푸아 l 이건수 옮김
19	사랑받지 못한 사내의 노래	기욤 아폴리네르 l 황현산 옮김
20	향수	정지용 l 유종호 엮음
21	하늘의 무지개를 볼 때마다	윌리엄 워즈워스 l 유종호 옮김
22	겨울 나그네	빌헬름 뮐러 l 김재혁 옮김
23	나의 사랑은 오늘 밤 소녀 같다	D. H. 로렌스 l 정종화 옮김
24	시는 내가 홀로 있는 방식	페르난두 페소아 l 김한민 옮김
25	초콜릿 이상의 형이상학은 없어	페르난두 페소아 l 김한민 옮김
26	알 수 없는 여인에게	로베르 데스노스 l 조재룡 옮김
27	절망이 벤치에 앉아 있다	자크 프레베르 l 김화영 옮김
28	밤엔 더 용감하지	앤 섹스턴 l 정은귀 옮김
29	고대 그리스 서정시	아르킬로코스, 사포 외 l 김남우 옮김

30	셰익스피어 소네트	윌리엄 셰익스피어 ǀ 피천득 옮김
31	착하게 살아온 나날	조지 고든 바이런 외 ǀ 피천득 엮음
32	예언자	칼릴 지브란 ǀ 황유원 옮김
33	서정시를 쓰기 힘든 시대	베르톨트 브레히트 ǀ 박찬일 옮김
34	사랑은 죽음보다 더 강하다	이반 투르게네프 ǀ 조주관 옮김
35	바쇼의 하이쿠	마쓰오 바쇼 ǀ 유옥희 옮김
36	네 가슴속의 양을 찢어라	프리드리히 니체 ǀ 김재혁 옮김
37	공통 언어를 향한 꿈	에이드리언 리치 ǀ 허현숙 옮김
38	너를 닫을 때 나는 삶을 연다	파블로 네루다 ǀ 김현균 옮김
39	호라티우스의 시학	호라티우스 ǀ 김남우 옮김
40	나는 장난감 신부와 결혼한다	이상 ǀ 박상순 옮기고 해설
41	상상력에게	에밀리 브론테 ǀ 허현숙 옮김
42	너의 낯섦은 나의 낯섦	아도니스 ǀ 김능우 옮김
43	시간의 빛깔을 한 몽상	마르셀 프루스트 ǀ 이건수 옮김
44	창조자	호르헤 루이스 보르헤스 ǀ 우석균 옮김
46	푸른 순간, 검은 예감	게오르크 트라클 ǀ 김재혁 옮김
47	베오울프	셰이머스 히니 ǀ 허현숙 옮김
48	망할 놈의 예술을 한답시고	찰스 부코스키 ǀ 황소연 옮김
49	창작 수업	찰스 부코스키 ǀ 황소연 옮김
51	떡갈나무와 개	레몽 크노 ǀ 조재룡 옮김